眺望自己出海

楊煉詩選

楊煉 著

《中國當代詩典》（第一輯）總序

朝向漢語的邊陲

楊小濱

　　中國當代詩的發展可以看作是朝向漢語每一處邊界的勇猛推進，而它的起源也可以追溯出頗為複雜的線索。1960年代中後期張鶴慈（北京，1943-）和陳建華（上海，1948-）等人的詩作已經在相當程度上改變了主流詩歌的修辭樣式。如果說張鶴慈還帶有浪漫主義的餘韻，陳建華的詩受到波德萊爾的啟發，可以說是當代詩中最早出現的現代主義作品，但這些作品的閱讀範圍當時只在極小的朋友圈子內，直到1990年代才廣為流傳。1970年代初的北京，出現了更具衝擊力的當代詩寫作：根子（1951-）以極端的現代主義姿態面對一個幻滅而絕望的世界，而多多（1951-）詩中對時代的觀察和體驗也遠遠超越了同時代詩人的視野，成為中國當代詩史上的靈魂人物。

　　對我來說，當代詩的概念，大致可以理解為對朦朧詩的銜接。朦朧詩的出現，從某種意義上可以看作官方以招安的形式收編民間詩人的一次努力。根子、多多和芒克（1951-）的寫作從來就沒有被認可為朦朧詩的經典，既然連出現在《詩刊》的可能都沒有，也就甚至未曾享受遭到批判的待遇，直到1980年代中後期才漸漸浮出地表。我們完全可以說，多多等人的文化詩學意義，是屬於後朦朧時代的。才華出眾的朦朧詩人顧城在1989年六四事件後寫出了偏離朦朧詩美學的《鬼進城》等

傑作，卻不久以殺妻自盡的方式寫下了慘痛的人生詩篇。除了揮霍詩才的芒克之外，嚴力（1954-）自始至終就顯示出與朦朧詩主潮相異的機智旨趣和宇宙視野；而同為朦朧詩人的楊煉（1955-），在1980年代中期即創作了《諾日朗》這樣的經典作品，以各種組詩、長詩重新跨入傳統文化，由於從朦朧詩中率先奮勇突圍，日漸成為朦朧詩群體中成就最為卓著的詩人。同樣成功突圍的是遊移在朦朧詩邊緣的王小妮（1955-），她從1980年代後期開始以尖銳直白的詩句來書寫個人對世界的奇妙感知，成為當代女性詩人中最突出的代表。如果說在1970年代末到1980年代初，朦朧詩仍然帶有強烈的烏托邦理念與相當程度的宏大抒情風格，從1980年代中後期開始，朦朧詩人們的寫作發生了巨大的轉化。

　　這個轉化當然也體現在後朦朧詩人身上。翟永明（1955-）被公認為後朦朧時代湧現的最優秀的女詩人，早期作品受到自白派影響，挖掘女性意識中的黑暗真實，爾後也融入了古典傳統等多方面的因素，形成了開闊、成熟的寫作風格。在1980年代中，翟永明與鍾鳴（1953-）、柏樺（1956-）、歐陽江河（1956-）、張棗（1962-2010）被稱為「四川五君」，個個都是後朦朧時代的寫作高手。柏樺早期的詩既帶有近乎神經質的青春敏感，又不乏古典的鮮明意象，極大地開闊了漢語詩的表現力。在拓展古典詩學趣味上，張棗最初是柏樺的同行者，爾後日漸走向更極端的探索，為漢語實踐了非凡的可能性。在「四川五君」中，鍾鳴深具哲人的氣度，用史詩和寓言有力地書寫了當代歷史與現實。歐陽江河的寫作從一開始就將感性與

理性出色地結合在一起，將現實歷史的關懷與悖論式的超驗視野結合在一起，抵達了恢宏與思辨的驚險高度。

　　後朦朧詩時代起源於1980年代中期，一群自我命名為「第三代」的詩人在四川崛起，標誌著中國當代詩進入了一個新階段。1980年代最有影響的詩歌流派，產自四川的佔了絕大多數。除了「四川五君」以外，四川還為1980年代中國詩壇貢獻了「非非」、「莽漢」、「整體主義」等詩歌群體（流派和詩刊）。如周倫佑（1952-）、楊黎（1962-）、何小竹（1963-）、吉木狼格（1963-）等在非非主義的「反文化」旗幟下各自發展了極具個性的詩風，將詩歌寫作推向更為廣闊的文化批判領域。其中楊黎日後又倡導觀念大於文字的「廢話詩」，成為當代中國先鋒詩壇的異數。而周倫佑從1980年代的解構式寫作到1990年代後的批判性紅色寫作，始終是先鋒詩歌的領頭羊，也幾乎是中國詩壇裡後現代主義的唯一倡導者。莽漢的萬夏（1962-）、胡冬（1962-）、李亞偉（1963-）、馬松（1963-）等無一不是天賦卓絕的詩歌天才，從寫作語言的意義上給當代中國詩壇提供了至為燦爛的景觀。其中萬夏與馬松醉心於詩意的生活，作品惜墨如金但以一當百；李亞偉則曾被譽為當代李白，文字瀟灑如行雲流水，在古往今來的遐想中妙筆生花，充滿了後現代的喜劇精神；胡冬1980年代末旅居國外後詩風更為逼仄險峻，為漢語詩的表達開拓出難以企及的遙遠疆域。以石光華（1958-）為首的整體主義還貢獻了才華橫溢的宋煒（1964-）及其胞兄宋渠（1963-），將古風與現代主義風尚奇妙地糅合在一起。

　　毫不誇張地說，川籍（包括重慶）詩人在1980年代以來
的中國詩壇佔據了半壁江山。在流派之外，優秀而獨立的詩
人也從來沒有停止過開拓性的寫作。1980年代中後期，廖亦武
（1958-）那些囈語加咆哮的長詩是美國垮掉派在中國的政治
化變種，意在書寫國族歷史的寓言。蕭開愚（1960-）從1980
年代中期起就開始創立自己沉鬱而又突兀的特異風格，以罕見
的奇詭與艱澀來切入社會現實，始終走在中國當代詩的最前
列。顯然，蕭開愚入選為2007年《南都週刊》評選的「新詩90
年十大詩人」中唯一健在的後朦朧詩人，並不是偶然的。孫文
波（1956-）則是1980年代開始寫作而在1990年代成果斐然的詩
人，也是1990年代中期開始普遍的敘事化潮流中最為突出的詩
人之一，將社會關懷融入到一種高度個人化的觀察與書寫中。
還有1990年代的唐丹鴻，代表了女性詩人內心奇異的機器、武
器及疼痛的肉體；而啞石（1966-）是1990年代末以來崛起的四
川詩人，以重新組合的傳統修辭給當代漢語詩帶來了跌宕起伏
的特有聲音。
　　1980年代的上海，出現了集結在詩刊《海上》、《大
陸》下發表作品的「海上詩群」，包括以孟浪（1961-）、
默默（1964-）、劉漫流（1962-）、郁郁（1961-）、京不特
（1965-）等為主要骨幹的較具反叛色彩的群體，和以陳東東
（1961-）、王寅（1962-）、陸憶敏（1962-）等為代表的較具
純詩風格的群體，從不同的方向為當代漢語詩提供了精萃的文
本。幾乎同時創立的「撒嬌派」，主要成員有京不特、默默
（撒嬌筆名為銹容）、孟浪（撒嬌筆名為軟髮）等，致力於透

過反諷和遊戲來消解主流話語的語言實驗。無論從政治還是美學的意義上來看，孟浪的詩始終衝鋒在詩歌先鋒的最前沿，他發明了一種荒誕主義的戰鬥語調，有力地揭示了歷史喜劇的激情與狂想，在政治美學的方向上具有典範性意義。而陳東東的詩在1980年代深受超現實主義影響，到了1990年代之後則更開闊地納入了對歷史與社會的寓言式觀察，將耽美的幻想與險峻的現實嵌合在一起，鋪陳出一種新的夢境詩學。1980年代的上海還貢獻了以宋琳（1959- ）等人為代表的城市詩，而宋琳在1990年代出國後更深入了內心的奇妙圖景，也始終保持著超拔的精神向度。1990年代後上海崛起的詩人中最引人注目的是復旦大學畢業後定居上海的韓博（1971-，原籍黑龍江），他近年來的詩歌寫作奇妙地嫁接了古漢語的突兀與（後）現代漢語的自由，對漢語的表現力作了令人震驚的開拓。還有行事低調但詩藝精到的女詩人丁麗英（1966- ），在枯澀與奇崛之間書寫了幻覺般的日常生活。

與上海鄰近的江南（特別是蘇杭）地區也出產了諸多才子型的詩人，如1980年代就開始活躍的蘇州詩人車前子（1963- ）和1990年代之後形成獨特聲音的杭州詩人潘維（1964- ）。車前子從早期的清麗風格轉化為最無畏和超前的語言實驗，而潘維則以現代主義的語言方式奇妙地改換了江南式婉約，其獨特的風格在以豪放為主要特質的中國當代詩壇幾乎是獨放異彩。而以明朗清新見長的蔡天新（1963- ）雖身居杭州但足跡遍布五洲四海，詩意也帶有明顯的地中海風格。影響甚廣的于堅（1954- ）、韓東（1961- ）和呂德安（1960- ）曾都屬於1980年

代以南京為中心的他們文學社，以各自的方式有力地推動了口語化與（反）抒情性的發展。

朦朧詩的最初源頭，中國最早的文學民刊《今天》雜誌，1970年代末在北京創刊，1980年代初被禁。「今天派」的主將們，幾乎都是土生土長的北京詩人。而1980年代中期以降，出自北京大學的詩人佔據了北京詩壇的主要地位。其中，1989年臥軌自盡的海子（1964-1989）可能是最為人所知的，海子的短詩尖銳、過敏，與其宏大抒情的長詩形成了鮮明對比。海子的北大同學和密友西川（1963-）則在1990年後日漸擺脫了早期的優美歌唱，躍入一種大規模反抒情的演說風格，帶來了某種大氣象。臧棣（1964-）從1990年代開始一直到新世紀不僅是北大詩歌的靈魂人物，也是中國當代詩極具創造力的頂尖詩人，推動了中國當代詩在第三代詩之後產生質的飛躍。臧棣的詩為漢語貢獻了至為精妙的陳述語式，以貌似知性的聲音扎進了感性的肺腑。出自北大的重要詩人還包括清平（1964-）、周瓚（1968-）、姜濤（1970-）、席亞兵（1971-）、胡續冬（1974-）、陳均（1974-）、王敖（1976-）等。其中姜濤的詩示範了表面的「學院派」風格能夠抵達的反諷的精微，而胡續冬的詩則富於更顯見的誇張、調笑或情色意味，二人都將1990年代以來的敘事因素推向了另一個高度。胡續冬來自重慶（自然染上了川籍的特色），時有將喜劇化的方言土語（以及時興的網路語言或亞文化語言）混入詩歌語彙。也是來自重慶的詩人蔣浩（1971-）在詩中召喚出語言的化境，將現實經驗與超現實圖景溶於一爐，標誌著當代詩所攀援的新的巔峰。同樣

現居北京，來自內蒙古的秦曉宇（1974-），也是本世紀以來湧現的優秀詩人，詩作具有一種鑽石般精妙與凝練的罕見品質。原籍天津的馬驊（1972-2004）和原籍四川的馬雁（1979-2010），兩位幾乎在同齡時英年早逝的天才，恰好曾是北大在線新青年論壇的同事和好友。馬驊的晚期詩作抵達了世俗生活的純淨悠遠，在可知與不可知之間獲得了逍遙；而馬雁始終捕捉著個體對於世界的敏銳感知，並把這種感知轉化為表面上疏淡的述說。

當今活躍的「60後」和「70後」詩人還包括現居北京的藍藍（1967-）、殷龍龍（1962-）、王艾（1971-）、樹才（1965-）、成嬰（1971-）、侯馬（1967-）、周瑟瑟（1968-）、安琪（1969-）、呂約（1972-）、朵漁（1973-）、尹麗川（1973-），河南的森子（1962-）、魔頭貝貝（1973-），黑龍江的桑克（1967-），山東的孫磊（1971-）宇向（1970-）夫婦和軒轅軾軻（1971-），安徽的余怒（1966-）和陳先發（1967-），江蘇的黃梵（1963-），海南的李少君（1967-），現居美國的明迪（1963-）等。森子的詩以極為寬闊的想像跨度來觀察和創造與眾不同的現實圖景，而桑克則將世界的每一個瞬間化為自我的冷峻冥想。同為抒情詩人，女詩人藍藍通過愛與疼痛之間的撕扯來體驗精神超越，王艾則一次又一次排練了戲劇的幻景，並奔波於表演與旁觀之間，而樹才的詩從法國詩歌傳統中找到一種抒情化的抽象意味。較為獨特的是軒轅軾軻，常常通過排比的氣勢與錯位的慣性展開一種喜劇化、狂歡化的解構式語言。而這個名單似乎還可以無限延長下去。

　　1989年的歷史事件曾給中國詩壇帶來相當程度的衝擊。在此後的一段時期內，一大批詩人（主要是四川詩人，也有上海等地的詩人）由於政治原因而入獄或遭到各種方式的囚禁，還有一大批詩人流亡或旅居國外。1990年代的詩歌不再以青春的反叛激情為表徵，抒情性中大量融入了敘述感，邁入了更加成熟的「中年寫作」。從1980年代湧現的蕭開愚、歐陽江河、陳東東、孫文波、西川等到1990年代崛起的臧棣、森子、桑克等可以視為這一時期的代表。1990年代以來，儘管也有某些「流派」問世，但「第三代詩」時期熱衷於拉幫結夥的激情已經消退。更多的詩人致力於個體的獨立寫作，儘管無法命名或標籤，卻成就斐然。1990年代末的「知識分子寫作」與「民間寫作」的論戰雖然聲勢浩大，卻因為糾纏於眾多虛假命題而未能激發出應有的文化衝擊力。2000年以來，儘管詩人們有不同的寫作趨向，但森嚴的陣營壁壘漸漸消失。即使是「知識分子寫作」的代表詩人，其實也在很大程度上以「民間寫作」所崇尚的日常口語作為詩意言說的起點。從今天來看，1960年代出生的「60後」詩人人數最為眾多，儼然佔據了當今中國詩壇的中堅地位，而1970年代出生的「70後」詩人，如上文提到的韓博、蔣浩等，在對於漢語可能性的拓展上，也為當代詩做出了不凡的探索和貢獻。近年來，越來越多的「80後詩人」在前人開闢的道路盡頭或途徑之外另闢蹊徑，也日漸成長為當代詩壇的重要力量。

　　中國當代詩人的寫作將漢語不斷推向極端和極致，以各異的嗓音發出了有關現實世界與經驗主體的精彩言說，讓我們

聽到了千姿萬態、錯落有致的精神獨唱。作為叢書，《中國當代詩典》力圖呈現最精萃的中國當代詩人及其作品。第一輯收入了15位最具代表性的中國當代詩人的作品，其中1950年代、1960年代和1970年代出生的詩人各佔五位。在選擇標準上，有各種具體的考慮：首先是盡量收入尚未在台灣出過詩集的詩人。當然，在這15位詩人中，也有極少數雖然出過詩集，但仍有一大批未出版的代表作可以期待產生相當影響的。在第一輯中忍痛割捨的一流詩人中，有些是因為在台灣出過詩集，已經在台灣有了一定影響力的詩人；也有些是因為寫作風格距離台灣的主流詩潮較遠，希望能在第一輯被普遍接受的基礎上日後再推出，將更加彰顯其力量。願《中國當代詩典》中傳來的特異聲音為台灣當代詩壇帶來新的快感或痛感。

第四輯｜大海停止之處

第五輯｜十六行詩

第六輯｜李河谷的詩

第一輯

禮魂

諾日朗（組詩）

諾日朗：藏語；男神。四川著名風景區九寨溝有一座瀑布，地處川、甘交界高原區，有一座雪山以此命名。

一　日潮

高原如猛虎，焚燒於激流暴跳的萬物的海濱
哦，只有光，落日渾圓地向你們氾濫，大地懸掛在
　　空中

強盜的帆向手臂張開，岩石向胸脯，蒼鷹向心……
牧羊人的孤獨被無邊起伏的灌木所吞噬
經幡飛揚，那淒厲的信仰，悠悠凌駕於蔚藍之上

你們此刻為哪一片白雲的消逝而默哀呢
在歲月腳下匍匐，忍受黃昏的驅使
成千上萬座墓碑像犁一樣拋錨在荒野盡頭
互相遺棄，永遠遺棄：把青銅還給土、讓鮮血生鏽
你們仍然朝每一陣雷霆傾瀉著淚水嗎
西風一年一度從沙礫深處喚醒淘金者的命運

棧道崩塌了，峭壁無路可走，石孔的日晷是黑的
而古代女巫的天空再次裸露七朵蓮花之謎

哦，光，神聖的紅釉，火的崇拜火的舞蹈
洗滌呻吟的溫柔，賦予蒼穹一個破碎陶罐的寧靜
你們終於被如此巨大的一瞬震撼了麼
——太陽等著，為隕落的劫難，歡喜若狂

二　黃金樹

我是瀑布的神，我是雪山的神
高大、雄健、主宰新月
成為所有江河的唯一首領
雀鳥在我胸前安家
濃鬱的叢林遮蓋著
　　那通往秘密池塘的小徑
我的奔放像大群剛剛成年的牡鹿
欲望像三月
聚集起騷動中的力量

我是金黃色的樹

收穫黃金的樹

熱情的挑逗來自深淵

毫不理睬周圍怯懦者的箴言

直到我的波濤把它充滿

流浪的女性，水面閃爍的女性

誰是那迫使我啜飲的唯一的女性呢

我的目光克制住夜

十二支長號克制住番石榴花的風

我來到的每個地方，沒有陰影

觸摸過的每顆草莓化作輝煌的星辰

　　在世界中央升起

佔有你們，我，真正的男人

三　血祭

用殷紅的圖案簇擁白色顱骨，供奉太陽和戰爭

用殺嬰的血，行割禮的血，滋養我綿綿不絕的生命

一把黑曜岩的刀剖開大地的胸膛，心被高高舉起
無數旗幟像角鬥士的鼓聲，在晚霞間激蕩
我活著，我微笑，驕傲地率領你們征服死亡
──用自己的血，給歷史簽名，裝飾廢墟和儀式

那麼，擦去你的悲哀！讓懸崖封閉群山的氣魄
兀鷹一次又一次俯衝，像一陣陣風暴，把眼眶啄空
苦難祭臺上奔跑或撲倒的軀體同時怒放
久久迷失的希望乘坐尖銳的飢餓歸來，撒下呼嘯與
　　讚頌
你們聽從什麼發現了弧形地平線上孑然一身的壯麗
於是讓血流盡：赴死的光榮，比死更強大

朝我奉獻吧！四十名處女將歌唱你們的幸運
曬黑的皮膚像清脆的銅鈴，在齋戒和守望裡遊行
那高貴的卑怯的、無辜的罪惡的、純淨的骯髒的潮汐
遼闊記憶，我的奧秘伴隨抽搐的狂歡源源誕生
寶塔巍峨聳立，為山巔的暮色指引一條向天之路
你們解脫了──從血泊中，親近神聖

四　偈子[1]

為期待而絕望
為絕望而期待

絕望是最完美的期待
期待是最漫長的絕望

期待不一定開始
絕望也未必結束

或許召喚只有一聲——
最嘹亮的，恰恰是寂靜

注釋

1.偈子：佛經中一種體裁，短小類似於格言，意譯為
「頌」。

五　午夜的慶典[2]

開歌路

領：午夜降臨了，斑斕的黑暗展開它的虎皮，金燦
　　燦地閃耀著綠色。遙遠。青草的芳香使我們感
　　動，露水打濕天空，我們是被誰集合起來的呢？

合：哦，這麼多人，這麼多人！

領：星座傾斜了，不知不覺的睡眠被松濤充滿。風
　　吹過陌生的手臂，我們緊緊擠在一起，夢見篝
　　火，又大又亮。孩子們也睡了。

合：哦，這麼多人，這麼多人！

領：靈魂顫慄著，靈魂渴望著，在漆黑的樹葉間尋
　　找一塊空地。在暈眩的沉默後面，有一個聲
　　音，徐徐鬆弛成月色，那就是我們一直追求的
　　光明嗎？

合：哦，這麼多人，這麼多人！

注釋

2.本節採用四川民歌中「喪歌」儀式，三小段標題均採
　自原題。

穿花

諾日朗的宣喻：

唯一的道路是一條透明的路

唯一的道路是一條柔軟的路

我說，跟隨那股讚歌的泉水吧

夕陽沉澱了，血流消融了

瀑布和雪山的嚮導

笑容蕩漾袒露誘惑的女性

從四面八方，跳舞而來，沐浴而來

超越虛幻，分享我的純真

煞鼓

此刻，高原如猛虎，被透明的手指無垠的愛撫

此刻，狼藉的森林漫延被踩躪的美、燦爛而嚴峻的美

向山洪、向村莊碎石累累的毀滅公布宇宙的和諧

樹根像粗大的腳踝倔強地走著，孩子在流離中笑著

尊嚴和性格從死亡裡站起，鈴藍花吹奏我的神聖

我的光，即使隕落著你們時也照亮著你們

那個金黃的召喚，把苦澀交給海，海永不平靜

在黑夜之上，在遺忘之上，在夢囈的呢喃和微微呼
　喊之上

此刻，在世界中央。我說：活下去──人們

天地開創了。鳥兒啼叫著。一切，僅僅是啟示

面具與鱷魚

摘不掉的面具

我不知道這些詩是寫在澳大利亞還是中國？

那天早上。在悉尼。一個靠海的房間。陽光驟然亮起，粼粼水波裡，滿牆面具活起來，用層層疊疊的眼睛看著我。

那許多早上。在北京。我的名為「鬼府」的小屋，像一塊深埋在黃土下的化石，把成千上萬年的歲月擁抱在懷裡。那麼多被遺忘的臉，曾經活過，如今卻只在農民們世代流傳的、雕刻避邪臉譜的手藝裡，萎縮成一個影子。一動不動地笑。大紅大綠地哭叫。

高大的博物館裡，鍍金畫框囚禁著臉的漫長歷史；古老的西安，沉重的土地掀開一角，被壓碎的陶俑們，目瞪口呆地與生者面面相視；廣場上，下水道堵塞了，一堆堆血肉中有誰的耳朵、鼻子、嘴……它們看著我，比死亡更冷漠。我在它們眼裡，比面具更虛幻。影子的影子，剛剛誕生卻久已逝去。

我不知道我寫了這些詩、還是沒寫？這些辭，神秘的中國字，每一個是一座老房子，四堵高牆內流失了數不清的時間。好像在水上，我側耳聆聽，身體裡另一個人漸漸遠去的腳步聲。只有遠去，卻

永無抵達。我開口說話，一頁白紙上蕩開不知是誰的回音。詩人和詩已這樣對峙了千年。

　　或許詩從來是沒有的。它只是一片寂靜，像清晨群鳥歌唱時那麼寂靜。每一種語言，因此誕生，因此以沉默為終極的光明：

　　萬物是藍
　　當我缺席時那麼藍

　　或許詩人只能從一個辭到另一個辭，一張面具到另一張面具，像隱身人一樣永恆流浪，永遠尋找，那等在某時某地的另一個自己。

　　我的臉也早已被掛在牆上。這些辭就是一堵牆。世界厭倦透了脫口而出或再三沉吟的死亡。每一秒鐘裡，我的臉越來越麻木，變成別人的臉。我的眼睛越來越空洞，聽任蛆蟲在裡面挖掘墓穴，展開一場與生俱來的大屠殺。溫情脈脈地，習慣對自己說謊，擺出一個姿勢，對觸目的罪惡視而不見。太久地沉溺於黑暗，我們與黑暗已融為一體。

　　那麼，我們怎麼能分辨：這塊摘不掉的骯髒面具下，那不斷更換的眼神是誰的？囁嚅著同一話語

的不同嗓音是誰的？當名字離開，一具具匿名的軀
體是誰？當每天像一個死者，從我們身旁倒下，一
個個仍在呼吸的空白影子是誰？

是那麼多被遺忘的臉，穿過時間回到我身上？
還是我的臉如同這些詩，被遺忘後，結識了他們並
一起悄悄生長？

那麼，到處都是這兒。這片刻已足夠永恆。

或許悉尼這靠海的房間，已等了千年。死者都
活著，所有影子停在身體裡，一直像海一樣波動。
而北京我那古老的小屋，從來只擁抱過一個時辰
──當我認不出我的臉，我卻認出了每一張臉；當
所有辭遠離，手中卻留下一行詩。

那天早上，鳥叫時，很靜。

面具

一

面具自臉誕生
模擬臉
又忽略臉

面具　自空白之頁誕生
掩飾空白
又僅有空白

二

這個字有你的臉
精雕細刻
無表情地打磨了上千次

最後　被遺忘撕下
血淋淋攤開
你聽見神嘔吐的聲音

三

臉無言崩潰

惡夢在肉裡

一寸一寸把你鑿空

海難後的船隻

牙縫鬆弛

與爛泥混為一談

四

你盯著那些臉嵌進木頭

黝黑腐朽的眼角

木屑紛紛

盯著　臉和臉磕碰在

乾裂的牆上

無視鏡前的你

五

彩繪的臉猶如謊言中的字眼

一旦啐出　月光下

病人就成群夢遊

一尾尾死魚

誕生似的翻起

以空白　觸摸黑暗

六

地貌可疑地起伏

在口音裡

鳥類躡足走近

春天說著囈語

再次暗轉

綠與黃　含糊其辭

七

臉一直沉默

而你躲在它後面

說謊

臉也被說出

像同樣慘遭欺騙的

謊言

八

你用上千年臨摹這片空白

畫布似笑非笑

臉的古老拓片

博物館一樣重寫

歷史僅僅一頁

久已埋在你的書裡失傳

九

假面無須再被油漆遮掩
或胭脂
或黑布

沿街展覽
薄施的笑容下
臉已逃之夭夭

十

在海裡尋覓一滴水
就像在面具下
尋覓一個人

你聽見他說話
聽到血液
喝乾肉體的聲音

十一

鳥在空中的索道上滑行
陡然升起
像攀援一道絕壁

一個字　讀遍碧空
平衡著風
稍縱即逝

十二

遺忘裡有許多丟失的面孔
層層疊疊　如蘑菇
簇擁著開口

或病或夢的白
以記憶為菌種
在每張臉下繁殖許多遺忘

十三

你把自己抵押給一個辭

抵押給一把刻刀

修飾得比寂靜更啞默

辭在你嘴上橫行

辭炫耀你的臉

揮霍贖不回的笑聲

十四

往事靜靜吃木頭

黃昏裡這張臉

依舊在衰老

日漸密集的洞穴

每一隻蛀蟲

回了家　晚餐在暮色時辰

十五

在時間裡沒有安寧
死亡裡也沒有
一張臉停頓的地方

海　潑婦般扭動
你眼巴巴瞪著礁石
你和它擦肩而過

十六

你大聲向牆說話
你說出一堵牆
你被掛在牆上

牆到處走動
牆看著牆
牆對牆啞口無言

十七

這孤零零的牙齒目空一切

遠離了臉

遠離了說出口的聲音

聲音殘缺不全

咀嚼過一切

比牙齒更像石頭

十八

嬰兒的顎骨細小而結實

被死亡摘下

學會無聲地喋喋不休

幾粒乳牙與生者

對視了多年

早已蒼老得皺紋縱橫

十九

你熟悉一張臉

和臉後面某種回聲

深邃地傳來

自白骨星座

黑暗中躲避你的瞳孔

走投無路的回聲

二十

鏡子抓不住臉

也抓不住凸凹不平的字

鏡子背後沒有世界

所以臉轉過去

風平浪靜

是另一張臉

二十一

墓碑是最後摘下的面具

放棄臉的人們

終於彼此認出

開始說同一種語言

耳朵爛掉時

海　洞穿頭顱越響越清晰

二十二

死者從遠處看城市

大理石眼睛

裹入鳥聲

海擇定這片墓園

讓死者看見

大理石比臉更快地腐爛

二十三

霉菌在早晨悄悄滋長

潮濕的牙根

仍像生前竊竊私語

相視而笑

死亡給你洗臉

五官水一樣流下

二十四

謊言殺害了說謊者

像臉殺死

追逐臉的人

而臉也被殺死

被謊言遺棄在牆上

咧開一道裂縫似的嘴唇

二十五

許多字在空白上展覽

許多臉在素不相識中

遙遠地衝撞

彼此疊入

同一張臉素不相識

不同的字同時是空白

二十六

被活埋在臉深處的你

只能拼命詛咒

不間斷的壞天氣

眼角發了霉

爬滿青苔的墓碑

在死者摸不見的頭頂坍塌

二十七

你誕生在辭裡時很軟

像白木頭

有皮膚的光澤

辭把你變脆了

四面八方

捧碎你像滿屋子面具

二十八

有人在這句話中說你

腳步聲震動

這空蕩蕩的老房子

黑鏽的風向標

油漆剝落

它等了很久才掐住你的喉嚨

二十九

面具從不對自己說話

寂靜中一場謀殺

面具只流通面具間的語言

在死亡中咬文嚼字

神是一句夢囈

被滿口牙穢剔出去

三十

你在海邊的房子裡看面具

當水光泛起

每張臉下無數張臉

一齊說話　粼粼

眼波把你淹沒

你流走時認出萬物是你

鱷魚

一

鱷魚用目光咬你

眼皮刀鞘般

藏起睡不著的牙齒

肉裡條條小徑

逼近水池

你被自己側目一瞥咬死

二

嘴在別人臉上很龐大

你只剩一口假牙

殘破的墨綠色珊瑚

染著血　拉開齶骨

保持恫嚇的姿勢

屈服

三

死水中油膩膩的鱗片
你感到成群螞蟻
正從骨縫間爬出

陣陣騷癢地懷了孕
子宮像一座蟻塚
孵滿天生食肉的鱷魚

四

撕裂聲有一種快感
骨骼尖叫的美
你的名字磨利你的牙齒

你的血　與你分享
置他人於死地時
也再次殺害自己

五

謊言自泥濘骨髓中一擊

你於重重甲冑下粉碎

斷壁殘垣

倒向周圍

水藻在聆聽

軀殼裡空無一人的戰爭

六

兇殺之後饕餮之後

依舊會懺悔

像一連串飽嗝

或死者應有的歉意

為主胃裡

消化不良的點點餘腥

七

鱷魚像一個字緊閉鼻孔

不屑理你

僅僅在這頁白紙上浮沉

你絕望呼救

用潛伏已久的字

沒入滿是鱷魚的水中

八

茫然仇恨浸滿一泓綠水

你的日子裏著

死者的皮膚渡過

濕漉漉滑動

吊起　一張皮已足夠

白夜似的炫耀烏有

九

許多世紀硬化的眼淚

叢生黑暗的老年斑

你溫順得無從被人挑剔

只盯住岸上的魚

狠咬指甲

笨拙地掩飾起不停的飢餓

十

史前臃腫的爬行動物

把每天拖成影子

供一條街嚼食

咳嗽意味著灰塵

而唾液橫流的早晨

又塗寫出渾濁的笑容

十一

一個辭足以令你走投無路

只能隱入陽光

在無言中赤裸

或埋沒於幽暗軀體

皮膚下另一片月色

無須辭和衣服

十二

寂靜不可逾越

鱷魚白熱的喘息更近

你騙自己時更耐心

都迷失於一枚鬆動的牙齒

漂浮的聲音

你的沉默中到處是謊言

十三

你孤寂獨坐的深夜裡
太多鱷魚靜悄悄登陸
像不可觸摸的詩

在五指間爬動
密集的草葉下
你不知不覺被咀嚼過多時

十四

每次構思預謀了你的存在
而第一個字捕殺你時
你被迫誕生

蒼白的軀體越冷越龐大
你用一行詩推敲世界
於是真的死去

十五

你握著筆的手皮開肉綻
像被一條鱷魚攫住
狂暴地撲向陽光

又無聲濺落
筆被字攫住
鱷魚腹中仍只有飢餓

十六

一個字長久地沉吟你
比窺測的鱷魚
更靜謐

咽喉又軟又溫暖
這黑暗甬道
看著你被節節刪改出世界

十七

沒有人掉進這行詩淹死
死者只是一個名字
和一具匿名的軀體

於是所有無人
擠滿這行詩
偶爾浮出水面呼吸

十八

無人稱的話裡肯定有某人
或許是你
或另一個你

而你仍是無人稱
被鱷魚一口咬定
你恐怖　你們擁擠不堪

十九

用一個字忘掉年齡

在一行詩裡任意衰老

年輕得侈談死

就這麼懸掛著

被鐘聲切開

靜止於明亮的罪惡

二十

每個字註定是謊言

你僅僅依託一頁白紙

依託著葬禮上的銀色花朵

其後　你也空白

與時間並肩流逝

象形地重申自己

二十一

你詛咒被日子遺棄

可這個字四堵高牆

時間也在孤零零逃亡

孤零零被你圍困

你聽到詛咒聲

從四面八方的死寂中傳來

二十二

一紙單薄的食譜囊括了歲月

於是你無時不在咀嚼

這飢渴的辭

渾身泥土

牙床的黃色化石

比你更近乎此刻

二十三

凝視一首詩

直到空白深處浮現出五官

微笑精美如陷阱

臉隱退　大眼眶的骷髏

盛滿無字的晴空

終於讀懂時已熨得很平

二十四

鱷魚的寂寞五顏六色

被一滴水放大

雕鑄成兇險的銅器

想像飛鳥陷入

天空的沼澤

有吞嚥聲藍白相間

二十五

你在沉默中搜索聲音

鱷魚或名字誘捕之後

死亡的啞劇

繼續上演

謝幕的唯一動作

冗長的遺忘掌聲雷動

二十六

這孩子滿嘴鱷魚的利齒

慢慢長大　膨脹

漂浮於空氣中

似乎活著

一具死亡吐出的醜陋屍首

又被遲鈍的生命舔食淨盡

二十七

每個人身後跟蹤一條鱷魚
影子看影子是軀體
切齒聲蜂擁而入

站成
飽食終日的一地影子
被厄運咬住沉沉甩動

二十八

在新的名字裡你依舊缺席
從一個辭到另一個辭
你像隱身人一樣行走

隱入一片藍
風翻閱一個辭另一個辭
你不死　只是從未誕生

二十九

話裡有話　人裡有人

歲月幻像叢生

磨擦你如鱷魚肥厚的腹部

無數末日移入一個生日

嗆死於一句活的謊言

你空白的影子不停走去

三十

死亡那不變的重量

落入鱷魚的眼睛

你安詳目睹自己被吞噬

伸手不見五指

才聽清萬物用冷血活著

一個字已寫完世界

無人稱

房間裡的風景

三十二歲　聽夠了謊言

再沒有風景能移進這個房間

長著玉米面孔的客人

站在門口叫賣腐爛的石頭

展覽舌苔　一種牙縫裡磨碎的永恆

他們或你都很冷　冷得想

被嘔吐　像牆上褻瀆的圖畫

記憶是一小隊漸弱的地址

秋之芒草　死於一隻金黃的赤足

誰憑窗聽見星群消失

這一夜風聲　彷彿掉下來的梨子

空房間被扔出去

在你赤裸的肉體中徘徊又徘徊

肢解　如天空和水

濕太陽　受傷吼叫時忘了一切

再沒有風景能移入這片風景

弄死你

直到最後一隻鳥也逃往天上

在那手中碰撞　凍結成藍色靜脈

你把自己鎖在哪兒

這房間就固定在哪兒　空曠的回聲

背誦黑暗

埋葬你心裡唯一的風景唯一的

謊言

其時其地

那座我回不去的老房子

你也回不去了　雖然

那盞燈通宵亮著　聽著窗外

白楊高大的黑影

你還在等　一陣荒涼的腳步聲

整個秋天　只有風來拜訪

一一翻動那些紅瓦

十月的連翹花黯淡如敗壁頹垣

卻在一個晚上突入你的夢境

那時　誰將甇甇獨自開放

在一座我回不去的熟悉的老房子

你回不去　陌生的舊日子

音樂的心悄悄停了

房子藏進它自己的忘卻裡

綠或睡眠包裹的樹　一旦驚醒

已片片凋零

舊日子還在　我們的手消失之處
名字　移開　謹守同一禁忌
但每個清晨當鳥叫了
你是否記得有一個黑暗
自沉默中升起　傾倒出越來越遠的
地平線　另外星球上深黃波蕩的水紋
所有路溶解
這成了唯一的歸途

紙
鳥

房間就是這日子　冷漠的牆

聳起雪白波峰的暴風雨

而所有女病人們憔悴的臉色

都年代久遠

橫掃紙　鳥　飛翔在午後顯得鬆脆

在看不見的河岸晾乾軀體

沉入光　一個輕巧的黑黑的漩渦

張開翅膀

以死亡的形式誕生才真的誕生

一根手指支撐一個世界

纖細的骸骨精疲力竭

於是所停無處

房間或孩子的戲弄或空中

每個地址裝飾著早被忘記的名字

主人走後　往事像綠鏽斑駁的假牙

日子逃開你像夢逃開一片藍

牆上是最後的白影子

在流逝的皮膚深處　沙礫微微閃光

在耳朵們堆積的寂寞裡

傳來撲打聲

漫長的黃昏足夠漸漸貼近死亡

雲　星　月　撕碎的羽毛

紛紛飛起

在沒有你的時刻　找到你

戈雅一生的最後房間

最後　這房間遠去　一隻狗

逃到沙下喝湯　喝　骷髏的湯匙裡

唯一的液體

終於漂浮成一幅無人風景

陰暗的沼澤上　灌木叢抹殺天空

飛鳥在痛苦

哀號已無力攪擾大地

魔女們聚集如一片柔軟的花朵

向山羊盛開鮮豔的器官

在慶典中舞蹈　只有死魚曾經活過

眼珠白花花瞪著

崩潰

沒人懂得　這黑色石榴的碩大頭顱

浮腫並爛掉了耳朵

那被聽見的寂靜怎樣夷平一生

歲月怎樣　成了更換喪服的房子

而肉裡是一塊木頭乾燥　劈裂的聲音

把聾子釘在牆上

四肢爬動　結著網

死者魚貫而入　張大受驚的鼻孔

末日接踵而至　一節風乾的骨髓

形似手的弦

於陣陣嘶鳴之後　鬆弛　瘖默

現在　是這牆長滿了耳朵

卻已不聽　燭光幽幽遠遠擴散的風暴

這筆觸遍佈盲點

像一張張無聲咧開的嘴

吞嚥著孤獨的石頭

在深處　形同淵藪　便揮霍整個世界

直到房間裡擠滿素不相識的鬼魂

繞床而歌　不朽於某個人垂死的一刻

──世界　當你不能理解時

你聆聽吧

謊言背後（四首）

給一個大屠殺中猝然死去的九歲女孩

他們說一根紅皮筋把你絆倒了
你跳出白粉筆的房子
雨聲響得怕人的日子

九個彈坑在你身上發甜
他們說你把月亮玩丟了
墓草青青　是新換的牙齒

在一個無須哀悼的地方萌芽
你沒死　他們說
你還坐在小木桌後邊

目光碰響黑板
下課鈴驟然射擊
一陣空白　你的死被殺死

他們說　現在　你是女人是母親
每年有個沒有你的生日
像生前那樣

死角

你撲倒的地方一片空白

而黑暗中的軀體

彎成死角

槍聲躲在裡面哭泣

名字躲進更裡邊　　膽怯得

希望被忘記

沒入每個人

每個夜晚

在零點　　重新滴血

天堂的血跡

此刻天使的笑聲是槍聲

笑出眼淚　　血色的黎明

地下室裡一場冷雨

魔鬼們環繞一棵菊花烤火

咒罵六月的壞天氣

下水道瘋了　殘肢湧出

落月和冰雹的腥臭淤泥

湯匙撈起一隻聾耳

反正死亡是不透明的

天使坐在鐵椅子上笑

天使的笑聲擊落飛鳥

樓上樓下

死者裸體如一條條舌頭

被黑貓在牆角追逐

被忘卻的時辰再屠殺一次

菊花看見

每個地址上一座骨頭花園

反正死亡是不透明的

血流去　在黎明消失

死亡哈哈大笑

天堂明亮地舔著嘴唇

腐爛的笑聲裡菊花開著

槍聲在緊閉的門背後

敲響無血的軀體

這聾子世界唯一一攤血跡

天使和魔鬼在碰杯

反正死亡是不透明的

失蹤

冗長的一生僅有兩個時辰

死亡　然後被遺忘

終於我在眾多面孔中成了真空

那個夜晚比死亡更深邃

槍殺沒有聲音　火越燒越冷

所有軀體被輕輕敲碎

而所有的血揭示一種白

像不再歸來的名字

石頭隧道大口嚥下鮮紅的泥濘

那個夜晚就此失傳

影子揮舞而手臂脫落

天空眩目　可眼睛融解

言辭秘密走動　嘴

埋入地下　陽光繁衍成公開的禁忌

我死在第二次　在早晨

密佈槍眼的臉再次密佈字眼

更黑的彈洞是這個白晝

更放肆的屠殺　謊言剝光死者

直到我只能不真實地活著

那不被承認的末日只能無所不在

同時所有人真實地死去

我的血肉失蹤成陌生人的血肉

被刪改的死亡刪改著生命

眾多面孔因此真空因此白骨嶙峋

每顆頭顱成為一座墳墓

最深的埋葬擁有一切死亡

像遺忘　用鮮紅的泥濘洗手

用飽和的沉默過濾

當屍體最後被偷走　那夜晚永存

在時間之外

我回來　繼續死去

一
九
八
九
年

誰說死者會互相擁抱

像一匹匹馬　鬃毛銀灰

站在窗外結冰的月光中

死者埋進過去的日子

剛剛過去　瘋子就被綁在床上

僵直如鐵釘

釘著黑暗的木頭

棺蓋每天就這樣合攏

誰說死者已死去　死者

關在末日裡流浪是永久的主人

四堵牆上有四張自己的臉

再屠殺一次　血

仍是唯一著名的風景

睡進墳墓有福了　卻又醒在

一個鳥兒更怕的明天

這無非是普普通通的一年

流亡之書

你不在這裡　這筆跡
剛剛寫下就被一陣狂風捲走
空白如死鳥在你臉上飛翔
送葬的月亮一隻斷手
把你的日子向回翻動
翻到你缺席的那一頁
你一邊書寫一邊
欣賞自己被刪去

像別人的聲音
碎骨頭隨隨便便唪到角落裡
水和水摩擦的空洞聲音
隨隨便便移入呼吸
移入一只梨就不看別人
一地頭顱都是你
在字裡行間一夜衰老
你的詩隱身穿過世界

被禁止的詩

死在三十五歲已經太遲
你早該在子宮中被處決
像你的詩　無須
一頁白紙作墓地

不准誕生的孩子
把手鎖在罪惡裡
五指腐爛像冬眠中糾纏的蛇
眼睛腐爛　逃開噬人的風暴
你的臉一摸就是一汪水
骨頭劃出道道白痕

是肉體深海下一群鰻魚
在白色海草間穿游
更蒼白的呼喊間只聽見黑暗
你被別的手無情抹平
淡淡改成一個錯字
胎衣越裹越緊
遺言和你一同死去

死在今天

變成一個惡臭的消息

眾
目

我們在眾目睽睽下赤裸

被流放於黑暗軀體

這一夜　誕生了所有星光

海潮把沙灘捲走

我們在眾目睽睽下飛起

比羽毛還輕

倒掛上天空

被星際灼熱的累累碎石

凍傷雙腳

黑暗中空白的腳印

雨滴心臟都漫步著化為石頭

我們被撕開　於是遠遠死去

孩子化為水依舊乾渴

夢化為刺客的手

屍骸交叉搭成拱頂

這麼多星狂暴地毀滅這麼多神

這麼多光年片刻融化

如雪花

一剎那忘卻

黑夜從未溢出眼眶

世界新得如此殘忍

聽任光舔淨

黑暗浪頭上的鳥群

我們在眾目睽睽下失傳

老人——三十五歲自贈

年輕時我們做夢　說謊

如今老了才聽見

寂靜在裂開

才懂得　我們都是盲人

一生的病

是撫摸一個變幻不定的字

才看清陳年的傢俱

是等待收屍的護士

關切地站在周圍

也老了

血管裡那口鐘硬了

綠漆剝落的月亮在牆上

海萎縮成木紋

海鷗點點灰白的指甲

招進歲月

掐算著別人的笑聲

只有衰老

才使我們從野狗猩紅的目光中

數清自己骸骨上

殘存多少乾枯的

肉

冬日花園

1.

樹木在雪中凍紅　像穿著破舊的風衣
雪在腳下吱嘎作響
匆匆行走的夜總有一雙簇新的鞋底

山羊們害怕孤寂　就為每隻耳朵
把叫聲變成一片痛哭

道路　一條剛剛產仔的母牛
渾身鞭痕地癱瘓在泥血中喘息

路燈亮得更早了　情人幽暗如石頭
站在金屬靈床邊面目模糊
田鼠是一位疲倦的護士　偷偷
縮進花園的傷口做夢
花朵　在地下保存著淡紅色的肉
像孩子死去後　一直鮮嫩的鬼魂

發育不全的星星　用鐵欄杆鎖住我們

2.

世界上最不信任文字的　是詩人
空白的雪中　玫瑰從誕生就枯萎了
火焰遠離一雙寒冷的手
冬天忙碌著　像個勤奮的編輯
我　成為被陽光剪掉的
俯身嗅著自己日漸濃郁的屍臭
一個人的北風中　花園久已逝去

為幻象而存在　最後仍歸於幻象
樹和樹的藍色音樂　只由寂靜來演奏
於是同一場大雪兩次從我肩頭落下
覆蓋花園時　我是被忘記的
踐踏一個路口　我是被弄錯的
燈下空無一人的街像條沙啞的喉嚨
朗誦著　而凋謝的辭旁觀多年

3.

有戀屍癖的人　愛在冬天漫步花園

向廢墟行禮的人　能夠欣賞

一個把小貓淹死在水溝裡的陰謀

按下它的頭像按碎一枚胡桃的

準是孩子　跑進花園的孩子

孩子比任何人更懂得如何蹂躪花朵

連末日也是假的　一截燒焦的木樁

像鱷魚的長嘴斜斜探出地面

天空灰暗得像白晝的睡眠

大海吐出的魚骨　也把我們刺疼

夢中一條條刮掉鱗片的鮮魚活著刺疼

活在一把刀的行走下

每具肉體淪為一個無力回顧的地點

摸　這摸到的都是不在的

而毒瘤在深處摸不到地腫大

一個黑色的孕婦　包裹著被強姦的春天

一片目光劈開樹幹

天鵝的脖子彎成水底慘白的圈套

我們用分裂複眼的方式肢解世界後

都成了盲人　彼此的幽靈反襯出白雪

暴露於結冰的風中

忍受骨頭抽芽的痛苦

直到　花園恥辱得不得不鮮豔

被一個不可辨認的季節抽打終生

格拉夫頓橋

橋下的墓地　在你過橋時　逼近
松樹抬起一張張狐疑的臉
死者的海面　鐵塊般散發腥味
鐵鏽色的陽光繞過去
像一隻老狗嗅嗅你
一隻狗眼盯著　風景在橋上格外清晰

死火山萎縮的天空　一個暗紅的拳頭
廉價墓碑上一滴過時的血
雲　匯合了昨天所有的風暴
卻被鳥爪弄髒

被帶你回家的欄杆　敞開透明的窗戶
你在家裡過橋
整整一座城市住進一間病房
碧綠的野草把那麼多腳步連在一起
石頭的主人在石頭屋頂下逼近
鐵的主人在鐵的走廊裡逼近
用眼睛幻想　死亡就無須速度
你走去的還是你被變老的那一端
草地上的死者俯瞰你　是相同的距離

而你得回來　像被玻璃手銬銬著

檢修每座今天的罪惡的橋墩

一群雪白的海鷗裡一個狂奔的孩子

突然站住　為星星高呼

為黑夜中陡然延長的疼痛　放聲哭泣

戰爭紀念館

永遠　火焰是火焰　玫瑰是玫瑰
死亡　僅僅讓你們的肉體難堪
石頭臉頰上的雕花玻璃　像一個眼球
慢慢突起　炸裂
一剎那崩潰後
誰也無力彌留崩潰的疼痛

這座攔腰折斷的塔是向下的
當月光　每個午夜被唱片變得刺耳
鐘聲　不耐煩地揮手把醉漢趕走
血　也能像草一樣麻木
讓聾子們席地而坐　浸透賤賣的香水

斷壁殘垣　在一片燭光外狂奔

石雕頭朝下摔碎時　景色也顛倒了
嬰兒從爆破的腹部　春天一樣大聲啼哭
管風琴繼承了冒煙的喉嚨
天空　卻從來沒有母親

這張臉上的肉　總是剛剛扭歪的

鴿子不像雪白的彈片

像一枚枚骰子　朝鍍金的輪盤擲去

黑夜是你們每天倒空的口袋

每認輸一次你們就走下另一級臺階

被鎖進另一間水泥澆鑄的地下室

展覽一件使自己失傳的藝術

那兒　孩子用天真的瞳孔繼續射擊

一個城市的毀滅交給另一雙小手

只是一件玩具　讓你們重新玩

在時而火焰時而玫瑰的肉體深處玩

火焰和玫瑰互相遺忘

這座塔太高了　你們只能孤單地死去

謊言遊戲

我們說謊時　老虎的條紋劃動黑夜

道路　自從被燈光無情出賣

謊言　就代替行人

我們散步　而一隻闖進夢囈禁區的螞蟻

卻不得不懂　手指

月亮每次落下時致命的重量

和　某條細小喉嚨裡愚蠢的呼救聲

不　沒人曾對自己說謊

只有辭句跟自己玩

玩著睡眠　我們就夢見大海

玩著大海　我們就漂向另一個島嶼

在那裡登陸　我們餓了

就飼養或屠殺鸚鵡和猴子

重新變成兇猛的石頭

可我們不說　我們不說時

兩隻手變成死水中互相咬住尾巴的鱷魚

我們以為欺騙自己的那些話　只是

真的　每一行詩裡的末日
是保存一張臉的摔碎多年的鏡子
低低的耳垂
掛在男孩子滾動的鐵環上

一生的太陽都向一個黑夜的陡坡滾去

當辭滾下來時　啞巴誕生了
啞巴心裡瘋狂的沉默
是一頭老虎撲向羚羊時內心的沉默
肉被撕裂　甚至發不出紙的聲音
我們從來都是啞巴
因此　被謊言當作玩具

死詩人的城

並非只有活過的人　才配去死

那些一生埋在寂靜下的名字

簽署了寂靜　這座被你親手瓜分的城

一條空曠的街偽裝成送葬的隊伍

而月光鐵一般堅硬

白鐵皮的手心裡骨頭哐哐響

早被忘記的窗外　小鼓咚咚響

你生前刪掉的每個字回來刪掉你

毫不吝惜地刪　狠狠地刪

刪去世界後　標本中的臉更近更清晰

刪去眼睛　目光就擦亮沿途的玻璃

雕刻一隻線條纖細的鳥

像你看著它被打碎的那一隻

被揉皺　丟棄　牆角腐爛的手稿上

你最後的死已經很熟悉

一間等待移出死亡殘骸的老屋子

殘忍的孩子

孩子們圍繞一滴母親的血跳舞

他們雪白的胳膊天生會抽打

四周疲倦的眼睛

第一顆牙齒　種在粉紅色的田野裡

當一隻低垂的核桃被嗑開

他們看著母親抽搐的臉　笑

笑著　在天空戲水

彎曲著　在喪失睡眠的黑夜鍍銀

孩子不睡時　世界也得醒著

在被抓破的長長的傷口上瘋狂滑雪

聆聽　最新的口令

這河水越透明　哭泣越清晰可見

仇恨　越像還沒成形的肉一樣流出

一支血污的口紅　再也洗不掉

孩子跳舞

而母親們被穿在腳上

像受寵的玩具　有足夠的理由被毀滅

像好吃的手　不怕累地拉近未來

當他們用酷似死亡的寧靜驚嚇太陽

天使和蒼蠅　都在鼓掌

一粒豆子　熟知怎樣關上最後的門

母親

如果夢見你的臉　你就再次誕生
輪迴　這棵肉質的孱弱的樹
早該墜滿了果實

如果沙灘上你光著腳
雪白的鹽粒　從浮腫的腳踝朝肩頭爬
像你曾爬進一條早晨的隧道
鞋脫在門外
用一對聾耳忽略孤兒們的呼喊

死亡　才是我們新的家庭
每年的燭光下　死者都成為女性的
你在隔壁的房間裡更衣
像童年那樣　不在乎襯褲中的細節
離開我　也離開一個世界的恥辱

而我被誰領進這夢裡　參觀一場病
血液在學校裡笨拙描寫的　只是你的病
你停在你死去的地點　讓我追趕
追上你的年齡

隔著玻璃彷彿隔著一滴乾透了的奶

我從你一瞥中目睹自己在變形

一場雨後　軀體都是別處

你一直站在那裡

我卻越來越遠地死於縮小的距離

在一場夢或一個末日與你會合

恐怖的地基

地基以食肉的貪婪向上挖掘

它埋在地下的呼吸　同時埋在天空中

被岩石的乳頭壓死的孩子

骨骼裂開　像零零散散的星星

在一場風暴後蒼白閃爍

癱瘓的軀體內　惟有仇恨能再生

再活一次　把醜陋的器官

在春天的狂轟濫炸下再曝露一次

藍圖　浸進血污

沖洗成我們廢墟的第一張航空照片

我們毀滅　而你出現

你們毀滅　而他出現

他們毀滅　我們蹲在牆根下挖掘

一千個黃昏以鐘錶的精確締造下一個

孩子　從天空的產床上挖出父母時

每個人為紀念自己的消失而誕生了

活　石頭活著還得繼續

在它裡面坍塌　一個秘密戰鬥的戰士

用下肢擁抱著他的馬

一遍遍從綠草的屋頂下馳過

聽到身後　大地像海面一樣癒合

那被壓死的孩子早已上千歲

早已變藍　在籠罩生日的濃霧中行走

用我們的肉體　死亡

建造起從下面覆蓋世界的村莊

讀《地獄之門》

語言　從不是讓人懂　只是被人說的
就像你躺在一個夜晚凝視自己的手
手指說　墮落的肉體優美的肉體
仍在石頭瀑布上百年流動
長滿銅鏽的粉紅色四肢
被波濤葬送時還在死死糾纏
被你可怕的思想　一一溫柔撫摸
月光　像一件等待完成的傑作
把眼睛關在門外　而聽覺是水
水底是一個暴露出人類愚蠢的機會

你不是我們　你是那不能再沉溺的
青銅冷卻的一剎那
從我們嘴裡挖走最後的呼聲
你在我們深處坐下　修飾每一塊骨頭

再嘔吐出來　像漂滿腫脹屍首的山洪
緊緊追逐一支手　整座雕塑上只有
這支手　說出每個人瘋狂的流向
創造地獄的　決不是上帝──是鬼魂

這片埋葬凡・高的天空

生前挖掘墓穴的　只有藝術家和皇帝

一張畫把世界變成了自己的影子

包括你　和你臨終的抽搐

沒人能活著步入這天空　除非埋進

一塊死孔雀胸前妄想的藍

被一顆發瘋的花白頭顱所照耀

腫瘤似的星座　把你垂直吸上去

你的死亡是最後暴露的金黃色

塗滿了軀體　那小小的房間

當恥辱　一筆一筆寫盡　天空誕生了

我們的聲音只是另一把剃刀

割　每隻企圖聆聽你寂靜的耳朵

星是一群不流血的動物

激怒你　使你純粹從天上輕蔑這人類

在死後　繼續創造生者的空白

藍色固定的大海　像一件孤獨的工作

你　在畫面上變硬　那把骨頭

被黑夜烤乾　誰也不知道地撒在到處

死於幻象的人

死於幻象的人　正如詩人死於一首詩

夏季進入你的塔於是高高在上

你像神一樣思想神一樣瘋狂

每隔千年重新計算一群天鵝　修改

月亮　那黑瘦爪子下流血的秩序

用一種想像擺佈一隻老鼠時

你厭倦過　在智慧中死去仍然是死

可文字　第二次失傳的石頭藝術

嚼著你的肉發出腐臭

你又自己投入火　如一頁報廢的作品

這樣　我們死於你

唯一傳世的是一把大理石椅子

讓你在瞎子的嚎哭中就坐

用一個人的腳　踩碎無辜的葡萄

幻象　你說　就是模仿幽靈去生活

去追問　像個年老的乞丐

死在街頭　被野貓暗紅的牙齒追悼

而一首詩煉成玫瑰　從來是駭人的奇蹟

卡夫卡紀念館

假如時間只是祖先們的作品　我們
早就用一聲咳嗽不朽了

吐痰　意味著永恆　那再吐一口
就是紀念　我們判決
他必須活著　扮演一個被追捕的鬼魂

布拉格要在每一座雕花窗臺上
展覽這具挖出來曝曬的小小鼠屍
慘白精細的骨架
爪子把頭抱得再緊　也躲不開陽光

逃進墳墓裡　也是繼續聽
父親們的石像在夜深時高聲談笑
妹妹們爭吵　情人姍姍來遲
他必須懂得　怯懦　給我們權力
玩一副紙牌　讓令他怕的輕蔑的世界
再次圍觀他的無能

加入一片自己憎惡的景色也能止疼
比被燒掉　更加止疼

我們看見他在鮮花裡　在橋上

已經朗讀了一百年

還將再朗讀一百年

像被抽著　與每張油膩的臉合影

我們高興　就索取一個被害者的簽名

「卡夫卡」

夢中的高度

你不記得那個夢了　只有那高度

讓你肉體中的肉體繼續顫抖

鳥在最靜時瀕臨某種危險

像月光的錘擊下

花園麻木地嗅著自己

一地摔碎的銀子依然頭暈目眩

你不記得　可夢中那人

被一根肋骨挑上天空

還在那兒行走如搖搖欲墜的音樂

一個夢有時比一生更漫長

有時只是峭壁　讓你用另一種年齡

衰老　黑暗的年齡——

如果黑暗不得不把你接住

生
還

季節的花瓶時而擁擠時而空曠

但都是殘缺的

一塊碎玻璃模仿刀的藝術

卻暗自羨慕屍體能腐爛

就不必返回　像野貓毛色上的春天

一滴碧綠的血髒得像油

就讓樹木的枯骨發情

讓我們忘記

生平唯一只嘗試過紙上的死亡

比睡眠還短促的一夜

風用敵人的方式暗中走動

當月亮無非一個錯字

上升　照耀　又淹沒在墨水下面

我們直接從紙上跌入這早晨

像一次生還似的學習去死

事

你還是那樣　安靜地走出一件事
許多件中的一件
許多荒廢歲月中的一天
當腐爛的田野再次脫下你的鞋子
雪　用凍紅的腳趾支撐你

這個日子天空灰暗卻沒有雪意
只有你的寒冷從生到死
往事無聲　雪上留不下腳印

舊衣服總是謙虛的　像死者的木床
從另一對性交的肉體下滑向海洋
一件往事裡再不能發生別的事
一生的錯誤　站成山上聳立的樹
比雪更遠的白
那骨頭走出你
日子走出骨頭　你們
被互相丟在身後

互相看著許多空無一人的月光

醫院

蓋子合攏　你臉上是否也釘滿了釘子

像一生的恥辱那麼多唾沫

早已漂白了這輕而易舉的死亡

一隻手摸不到自己的疼痛

這個夜晚的黑暗　全都置身事外

你租用薄薄的四壁

在一只紙盒中聆聽一條河流

在空出來的骸骨間　聆聽暴風雨

等候下一位病人

像另一滴淚水飛進你眼裡

一聲尖叫　撞到白花花的玻璃上

變成歡呼　你在狠狠釘著釘子

死地

你需要　牆上除了黎明什麼都沒有

花園是內心的倒影　永遠在離開

你需要那些眼睛盯著

你　選出最容易被忘記的一雙

開始忘記

怕　你怕每天長著麻雀臉的寂靜

暴力從四點延續到六點

音樂剩下一把被剔淨的骨頭

在田野上敲打

沒人知道你此刻是否耳鳴

你也不知道　只需要房間空著

用一生學會對自己無情

用陽光窺視一個從未得到的真的末日

除了陽光什麼都不是眼淚

花園的名字　還沒出口已被忘記

山谷

當我們抵達黑暗時　在谷底見到光

岩石　深邃如天空

如一架危險的樓梯突然折斷

膽怯的手指彎向狂暴的星群哭泣

把我們弄成殘廢的

還是欺騙我們的雙眼

當光成為一種生物時　我們是死的

那些蠕動的小小肉體

在我們身上鑽孔　照耀

月亮像一個人攤開四肢墜落

城市躺在錯覺叢生的床上

閱讀一本陰暗的書　封面是大海

封底　是野獸踐踏著泥水的蹄聲

陷阱　想起時總在腳下

當距離消失　我們才摸到鮮紅的溪流

用石頭的皺紋　展覽出從前所有的恐懼

恨的履歷

黃昏時每一次散步都不是走向別人

火　再也無從被照亮

像仇恨　斟滿自己的杯子

讓我痛飲

一棵果樹裡那麼甜的血

一個被白晝染得更黑的黑夜

四肢鬆開　風暴像舌頭般搖撼

眼睛留在昨天的寬闊病房裡

是一件會射擊的樂器

鳥不屬於現實　因而總在逃離

一片與玻璃相混淆的目光

最清澈的水依然是瞎子

住在鯊魚寂靜心中的人只能乾裂

看著大海把自己燒完

看著珊瑚　剔淨胸前多餘的肉

擦亮死亡像一件小小的飾物

裝飾死後的歲月

——恨我吧　因為我還渴

從我窗口望出去的街道

從我窗口望出去的街道總是不下雨

它鎮靜得像一把梳子

擱在窗臺上

它在等待　一個不聲不響的女人

像隻累了的海鷗從海邊飛來

像粒石子兩手抱緊自己

她背上　翻毛的灰色口袋裡

一只檸檬在悄悄改變形狀

從我窗口望出去的街道白雪皚皚

整個冬天　街上只有

七隻野貓和一個睡破汽車的男人

或者八雙一模一樣的眼睛

像被打空的麥粒毫無怨意

他們親熱得使我相信

他們已許下互相用屍體充飢的諾言

和猶如保證的　最溫柔地撫摸

與星同遊

在逃難的地平線兩邊　星星是和你

同步的水晶風暴

半個天空像被收割後的田野

你是一粒小麥　在磨坊裡磨著

你眺望　像仇敵們互相思念

一個人用星的步子行走百年

在那海邊喝水

聽那鼓聲　從前額敲擊到腦後

刺破皮膚　把骨頭鑿刻得根根銀白

看著星星自己也浮動起來

你在你裡邊浮動

時差　隨著一具軀體而腐爛

金色大海隨著星光才暴露食肉的過程

半個天空　殘存活著的深度

落下

你是被選中的另外半個

在不得不明亮時不得不四分五裂

血橙

女孩子藏在薄薄的皮膚下
走投無路的血　在等待一個傷口
軀體被切掉一半時　會哭叫

像一隻游入暗紅水池的青蛙
裸露的肉總有某種甜味兒
讓你用嘴唇猜測她的心跳

吸乾　那小小子宮裡
滴滴滲出來不及擦去的貪婪的果子
麻雀抖動　白色的鳥糞墜落枝頭

落到你牙上　無動於衷地吐核
忘記　再次撕開一個微笑
你濕潤的喉嚨裡流的是膿

黎明之前

蝴蝶的鐵翅膀　刨子一樣經過
寧靜的花蕊總是劇毒的
水閘提起來　白內障患者的眼裡
世界是一篇蒼茫的譯文

背對窗口　一個人製作他自己的惡夢
用黑暗的字餵飽關在身體裡的野獸
木匠的手拎著滴血的斧頭
尋找女人兩腿間那一窩臭蟲

抽去骨頭的細節　使描寫更加完美
當嗅覺裹著一層皮睡熟
呼喊　也像死在開水中的鹽
能擠過這道窄門的　只有扁平的鬼魂

牛

值得嚮往的藝術是靜靜站立的藝術

綠色總是比你醒得更早

草屑　沾滿圓圓的肚子　像一片

沿著黑暗肩胛迅速揭開的黎明

沒有牛　就不會有田野

沒有田野　童年的謊言又怎能

繼續迷人　繼續讓你喝一杯每天的奶

用黑和白的金子打造小小的神龕

犁溝埋下蹄印　像一種疼痛的預感

牛的軀體被你目光肢解時

變成真的　剝去皮只剩血淋淋的桃子

無肉的骨頭　草原上完美的雕塑

活的黃昏袒露出死亡

而　內心的衝撞裡　月亮才升起

夏季的惟一港口——給友友

天空更加陰暗　你說　這船老了
一生運載的風暴都已走遠
該卸下自己了　讓石頭船舷去腐爛
夏季　是惟一的港口

夜晚　發紅的鏽蝕的古老鐵環
早就斷了　你說　月亮像被棄的嬰兒
在水上寫字的人只能化身為水
把港口　變成傷口

聽　炎熱雨聲裡那不變的記憶
雨到處刺痛你　雨聲是最後的小屋
讓你居住　你老了　船說

這惟一一個夏季漂泊了多年
惟一一個時間　注入漆成黑色的家
波浪之下只有我們的軀體

無人稱的雪（六首）

無人稱的雪（之一）

一場雪乾燥　急促　模仿一個人的激情
獸性的昏暗白晝
雪用細小的爪子在樹梢上行走

細小的骨骼
一場大火提煉的玻璃的骨骼

雪　總是停在
它依然刺耳的時候

關於死　死者又能回憶起什麼
一具軀體中秘密灑滿了銀子
一千個孕婦在天上分娩
未經允許的寒冷孤兒
肉的淡紅色梯子　通向小小的閣樓
存放屍首的　白色夜晚的閣樓

你不存在　因而你終年積雪

無人稱的雪（之二）

西爾斯　馬利亞

雪地上佈滿了盲人　他們看不見

一首死在旅館裡的詩

和　繁殖著可怕陽光的山谷

他們在同一座懸崖下失去影子

變成花園日規上黑瘦的針

用笑聲洗腳

用一隻死鳥精心製作雕花的器皿

野餐時痛飲鮮紅的溪流

正午　盲人盲目分泌的溪流

他們看不見　一首詩裡的遊客

都裸體躺在旅館的床上

無須陷落　就抵達一場雪崩的深度

無人稱的雪（之三）

一盞陶土小燈　是你送給黑暗的禮物

雨聲和雨聲的摩擦中

誕生了你名字裡的雪

給你紋身的雪

疼痛　放出關進岩石多年的鳥群

一隻是一個辭　而你是無辭的

風暴　是城市屋頂上一座空中墓園

天使　也得在窩裡舔傷

像頭黃金的野獸蹲在昔日

被水顯形的人不得不隨水流去

一場大雪猶如下到死後的音樂

你在名字每天死後

袒露一具沒人能撫摸的肉體

讓天空摸

從雪到血　摸遍火焰

直至黑暗　償還不知是誰的時間

無人稱的雪（之四）

西爾斯　馬利亞

黑夜像一個瘋子的思想　敲打

我們的頭顱　使我們相遇

危險的雪不存在距離

像兩片星光下馳過同一座山峰的馬

被一枚埋入夏夜的釘子扎著

聽鬼魂們灑水　清掃月亮

聽　墓碑說謊　炫耀人生的藝術

我們都是下山的　雪

天生無人稱因而揮霍每個人的死亡

黑夜在病床上　揮霍妄想時

瘋子們的村莊在彈琴

蠟燭不朽　鐘聲潑出眼淚

一副白骨漫山遍野脫下日子的喪服

而　我們凍結成一整塊石頭

無人稱的雪（之五）

這山谷不可登臨
一如你裡面　那座白色夜晚的閣樓

被雪邀請時　花草一片寂靜
視野　像一杯斟入黑暗的酒
在不同地點燃燒

被雪拒絕時　你是無色的
棲息在傷口裡的鷹　用陽光小聲哭泣
岩石　慢慢吞下你
而你的性閃耀你死後不可能的亮度

你成為唯一的不可能時
一生的雪都落下了

白色夜晚的閣樓裡　鉗子在夾緊
鳥兒脆弱的睡夢裡　天空無情歡呼
女孩胸前甜蜜的梨子　掉進
雨季　雨聲　就在你裡面到處追逐你

一個人赤裸到最後無非一片雪

在山谷腳下潔白　刺眼

走了千年還沒穿過這間沒有你的房子

無人稱的雪（之六）

西爾斯　馬利亞

只活在時間裡的人知道時間並非時間
一塊岩石本身就是一首詩
而陰影　鐫刻成一把湖邊的椅子
每年六月的野草　在這兒朗讀
雪　死者銀白的書
那鐵絲棕毛的刷子仍固執刷著

一雙泥濘棺木的鞋子
一副紙手銬　更使囚犯膽顫心驚
這一個個字　寫下就錯了
刻上懸崖的字　搭乘著失控的纜車

日復一日粉身碎骨

跳入一首詩的詩人只配粉身碎骨

比死亡更逼真的想像裡

雪是一次漫步　僅僅一次

六月就齊聲腐爛　死者的肉體搖著鈴

所有人　搖著此刻完成的孤獨的鈴

比想像更逼真地死亡著

雪　離開太遠了　不得不埋葬一切

大海停止之處

黑暗們

一

綠葉總是被遺忘在　窗口太綠了的時候
像春天用力擲出的每一粒石子
都擊中春天自己

鳥兒　仍穿著藍色的旱冰鞋
老狗的眼睛卻厭倦了

河岸的拍打聲用不著翻譯
死亡的美學　唆使花朵們蜂擁而出

惟一忍住狂暴內心的　只有田野
逃得更遠時　四月嗅出了血液
陽光中樹林守在我們身後
那不能帶走的知識　又把死者帶走
朗誦一首詩　被加深的寂靜

另一個世界還是這個世界　黑暗說

二

沒有故事的人　用逃出日子的姿勢
逃進一個日子

沒有過去的人　過去了
海鷗被暮色製成一本抽象的書

鎖在隔離病房裡　誰不是瘋子
妄想　比肉體更像片斷

玻璃的片斷　骨骼碎裂聲響在外圍
舌根腐爛的片斷　黃昏為流失而流失

老鼠們叫著　光踩疼自己時的尖叫
每天被每天嚇醒了

同一個黑夜　沒有人的故事
再講一次仍不會發生　黑暗說

三

每一場雨都使你坐在自己的終點上

雨聲敲打屋頂　小動物的腳步

把你靜止地移入黑暗

在靜止的天氣裡你需要別人睡去

睡眠就是離開　雨季的整個世界離開

黑暗才穿過你像一匹烈馬穿過火焰

在你裡面聽　四周銀白的針腳

縫補一件肉質的破舊風衣

每一場雨只落進這片空地

你從終點讀起時　一頁黑色的說明

不疲倦地為下個白晝更換一個人

篡改一個住址　墓地的街更泥濘

挑剔一隻手　乞丐們彼此仇恨地擁擠

組成無處躲雨的城市

大群濕漉漉的烏鴉在你裡面衝撞

繁殖長著共同面孔的不同罪惡　黑暗說

四

但黑暗什麼也沒說　黑暗與黑暗之間
僅僅是這個春天

風箏的骨頭掛在樹梢上
樹皮發亮　接吻的情人走過樹下
花粉在肺裡敲著去年的鑼
一個鮮紅的小丑　總能讓孩子狂奔

嚼著小手的牙越來越綠
舊報紙的草坪　交給火焰的剪子
四月　就以河流為幻影
河流那忘卻的顏色　以我們為幻影
鴿哨燒焦後　所有星星
被孩子玩夠了塞進一座漆黑的閘門

黑暗中總有一具軀體漂回不做夢的地點

連我們怕　也只怕自己的恐懼
黑暗什麼也不說　街頭每一個行人

就開始喃喃自語

黑暗　在聆聽嘴唇上塗抹的猩紅色黑暗

一座春天的學校永遠讓我們無知

一個記憶　誰活在其中誰就是鬼魂

而疾病使表情變薄

鏡子戴在臉上時　大海消化一尾死魚

被嘔吐著仍喋喋不休

黑暗太多了　以致生命從未抵達它一次

春天走出我們　春天才終於沉默

月食

一絲甜甜的血抹進你的嘴

你愛喝的劇毒的血

乳房裡的泥濘　藍色流淌的果醬

一隻最柔軟的手把你肉體的

紙　浸濕了水

你愛喝的不純的死亡

那掌聲　飼養多年的爬行動物

等在你被弄髒的一剎那

圍觀你的輕蔑

兩小時　女孩子們坐在草地上

互相撫摸　侵犯

背誦不純潔的詩

許多裙子裡　影子的鑰匙在開鎖

許多骨骼輻射出垂危的光

當整個天空響徹吞嚥聲

你愛喝的夜　喝下你

一個被放棄的女人喝乾自己的奶

黑暗　躍入黑暗的游泳池

目睹子宮那只黃白色的杯子

越涮洗越污穢

兩小時後　繼續謊言式的存在

類似陰影的房子

那是你的房子　類似陰影的房子

在草地上擴大黃昏的建築

鳥聲被天空擊落　樹葉細小的舌頭

又議論著疲倦的風暴

影子也疲倦了　盲人們列隊

茫然摔下懸崖

那是你的房子　沒有你的房子

你被欠下像惡夢的債

一隻田鼠跳到地板上生病和打滑

類似陰影的田鼠

臉總是越來越黑的

類似玫瑰色的嘴　把輓歌的門咬開了

日子死去時你住進腐爛的燭火

當四壁模擬生活啞口無言

光　騎著最單薄的石頭潛入地下

潛入你　陰影類似一個主人

慷慨地敞開夜的陽臺　眺望那風景

又一隻野貓追上自己的驚恐

又一顆頭顱　被釘進星群的釘子結束

類似荒草一片銀白

癱瘓的黑暗筆直聳立起來

塗掉一天衰老一歲的你

像可怕的月光　塗掉這片空地

鄰居

（一）

你們在相鄰的鍋裡烹調的死亡很鮮美
你們相鄰的壁爐裡
一節松木靜靜燃燒了百年

夏天總是陰冷的　像飼養長春藤的石牆
而道路穿過火深入冬天

從火中觀看　窗戶
仍一一刷洗慘白的夜
松樹被修剪的鐵皮影子站在窗外
刪改你們的骨骼

綠太陽無須敲門就闖進石頭
一個字闖進兩首詩的邪惡風景
證實　詩人脫臼的嘴
你們相似如一同烘烤的魚

（二）

另一個時間裡

天空沉重的藍　把鳥兒壓進一塊黏土

黃昏的光是樹幹上勤奮的鋸子

木椿淒慘微笑　一個無力的報復

隔離我們的時間

一張骸骨形狀的桌子緊挨另一張

不曾走開的死者

像燈　在松塔裡無聲爆炸

震動烏黑蝙蝠毛茸茸的耳膜

另一刻

我們還是這片寂靜未完成的作品

被各自的嗓音壓進黏土　剩下

作為一個辭的今日

作為著名的舌頭爬過古舊的瓷器

（三）

被遺忘是一種幸運　她說
讓不知疲倦的人去學習記憶吧

每個女人始於觸摸自己的肉體
她說　一切黑暗智慧都與腐爛吻合

血　點燃最後一枝蠟燭
紫色的夜空就開始紡織傷口

一隻蛆蟲挖掘隧道藏起小小的死
落網的過冬的死

死者　也像一個沒人閱讀的作者
懷著隱秘的孩子在樓下走動

天使　乳房乾癟的蝙蝠
收攏翅膀倒掛在雪白皮膚下

她說　謀殺的手已經借累了
厭倦是僅有的床

小湖上水蛇出沒
她站在岸邊　是與自己無關的月光

月食時摸到肉裡滲出黑色沼澤
一個女人就那麼變成別的

（四）

與死者最鄰近的是一首生者的詩
一座可能的墓穴隱匿在天上
像不可能的閣樓　緊鎖在塵土中
一隻蜘蛛或一隻蒼蠅
屍體都是鬼魂預約居住的雕花箱子
等待我的手　打開時留下指紋
樓梯的老鼠一踩就復活

吵醒百年前的光
吱吱叫著　割下詩人狂想的影子

一塊站在瓦上的雲

習慣腐爛出灰白色的踝骨

舉行一次與生者最鄰近的朗誦

像遺物們翻檢我的手指

出示了　每個人應得的恥辱

（五）

我們的肉砌成窗臺

我們從火中　觀看一節松木著火

某隻蜷縮的手腕

抽搐　顫抖　驟然伸出野獸的爪子

火與火鑄造一面鏡子

使潛入水銀深處的

都被目光刨出　我們站在自己窗外

被一把虛無的鑿子鑿出臉

鋒利的臉　雕刻花瓶中升起的舌頭

風聲在咽喉裡繁衍　掐緊時

詩人　破舊胎衣般被一首詩脫落

土地的紅色鐵門總在耳邊哐哐關閉

墓碑　比我們更有名

肥沃屍首的宴席

一百年兩側暴露的眼睛都是攣生的

發狂的　什麼也沒寫下

才被死在心裡的刻出了

才自言自語　才怕冷

用野獸和火的爪子抓著牌　一張紙牌

隔開兩個彼此觀看的傷口　我們

作曲家的塔

一

木橋的方向也是死魚們腐爛的方向
雨　被銀色湖面染得漆黑

石頭　已朽得讓根抓住
長春藤扎進肉裡的厭恨的根

吐出雨聲　夏天像一張發霉的皮子
鳥鳴墜入一隻耳朵的飢餓陷阱

聽覺　就成了黎明的缺口
所有葬在塔裡的同時響在音樂裡

一個瘋子的頭濕漉漉浮出
使天空不斷崩潰　狂怒地翻動昨夜

而昨夜再也不會過去　你
四周陰鬱的窗戶只開向一個人的疼痛

二

惟一的戰爭僅僅在聲音與沉默之間
你聽見屍首推開棺材破土而出

末日終於抵達一封蒼白的信
推遲的時間　剛好夠遺忘

用一隻血紅鳥兒的全新口音朗誦
死者醒來就又一次輸給死亡

你輸給　一頁樂譜上的一生
像個拆除者　被啞巴緊咬的牙教誨著

寫　長著人臉的草全有冬天的流向
肉體看不見地返回

肉體　就在樂曲中逝去更遠了
當否定的光從一個音符移到另一個

三

門砰地關上　審問者的憤怒在變形
父親小聲申辯　幾乎不像父親

塔裡有一隻十一歲的耳朵
卻以全部年齡貼著牆

繼續偷聽　聲音怎樣死在聲音裡
像沉默　創造一塊堆砌沉默的卵石

孩子站在高高的塔尖上
吞下黑暗星星塞進小手的邪惡

那風暴塞滿一隻寂靜的胃
六月這個早晨　把你留進瘋子的昨夜

寫出最後一聲口哨
皮膚蒼老的塔　這麼容易地被吹走

窗台上的石頭

窗臺上的石頭望著窗外

它使整個房間向懸崖傾斜

活在沉船中的魚　都準備爛成魚刺

琴聲被一把斧頭砍伐

大樹仍在做一次綠色的五指練習

每場靜止於窗臺上的暴風雨

都以靜止的方式打入屋內

像石頭冷漠的光芒打入你

整個大海向起點傾斜

你被監視著爬進一條軟體動物

無意中形同屍首

隨時可能被烏鴉啄起

玻璃放大了什麼也不說的威脅

一隻灰眼珠直瞪著你的臉　忽略你

怕冷的肖像

寒冷是不分季節的　像你背後的牆

松樹總在寓意一個下雪的日子

壁爐中的火焰也能綠得發黑

當火成為一種現實　冷就躲不開

你怕　於是更像

那個一直被誤認為你的人

別人　讓你定居時使你散發出藥味

被天空支配的圍巾裡全是雨夜

肖像們出門　你卻懸掛在

牆上　死後才學會怕一張被畫成的臉

陽光也被誤認了　它僅僅像光

手指在不動的風中像手指微微抽搐

一面鏡子也像瘋子

眼白癡呆　從未記住死魚們的大海

像冬天　把一口濃痰吐進你眼裡

凍結進軀體時　微笑是疲憊的裙子

謊言　只要溫暖就再說一遍

讓你更刺骨　酷似那肖像

寒冷是一個比喻　怕冷是另一個

一百年的鳥在別處叫起來

比喻一隻從死人頭上凍掉的棕色耳朵

像你自己的那麼可怕

那麼聾　那麼易於被辨認　被畫出

森林中的暴力

糾纏的被扭斷的脖子上　天空豎起翻領

口號還在冒煙　天空已開始吃肉

樹林低下頭　而天空遠遠地笑

木樁堆著　天空忘記了

這是你每天看見的暴力

群居的綠色的腳

一陣死寂又一陣死寂地走向死後

聽到天空　滿意地在背後填土

雷雨　把你變成一塊濕漉漉的案板

刀剁在腰上多麼悅耳

陽光的唱針劃破年輪　不再刺耳

樹身　努力接近了廢棄的事實

這是每天的暴力

天空　砍伐森林因為它正變成人

因為人每天不流血

像你欣賞著　寧靜中自己不停地抽搐

這是每天

肖像的生活

這監獄仿造你們寂靜的肉體

一部傳記中被漏掉的次要角色

活著　僅僅為服刑

為了在每天分配的小小懸崖上

把砍下的頭重新擺好

溜出黃昏畫框的頭

都是咬斷過舌尖的

像家庭一樣　在雨中發黑

嵌進水泥翅膀的樹葉一片片發綠

那踩到老鼠或蛇身上的尖叫

準是紅的　讓午夜準時踩中你們

宣佈延長空白的表情

沒人從死後回來摘掉自己

也沒人　敢看著自己

穿過盥洗室走進下個難忍的早晨

傳記

一　讀到的

松樹還像長在中國墓地裡那樣呼吸

風卻靜靜改變白晝的方向

犁　反覆走到田野盡頭

綠色　一本八月的肥沃的書

生命播下死者的種子

夜晚　全部星星旅行在玉石的井底

整整一個夏天你讀一本傳記

松樹的影子浸著水

盛滿水的椅子刻成粗淺的浮雕

海仍在遠處孤零零激怒

鳥叫聲氾濫於天空　幾乎像不叫

你讀著彷彿什麼也沒讀

只有　搖盪一個下午使它變黑的藝術

二　被讀到的

彬彬有禮地懷著輕蔑

你詛咒一片風景時成為那兒一隻天鵝

往事不間斷的流水中　你的驚恐

依然像壞天氣輕易把你擊敗

依然是靜止的時間

墓地幽暗角落裡一塊石板

攤開最後一張被鞋跟跺出顴骨的臉

雨中一輛紅色公共汽車開到終點

一首詩　每天一次寫到終點

已不是你而只是你的瘋狂

沒有手　僅有一把為鏡子預訂的雨傘

目睹詩人被打字機修改著走近表情

近得被傳記脫掉短褲

向別人三小時的拷問交出一生

三　沒被讀到的

被夢見有時比做夢更危險

蠕動在皮膚下的是一滴血而非一個字

再也嗅不到昨天的傷口

那製作紅色蝴蝶標本的眩目怪癖

黃昏一個一個把你填入空格

小鐵床四面八方在臥室中尖叫奔走

你被你的惡夢運走

像電線盡頭　一滴

不會哭泣的玻璃眼淚

另一個夏季的讀者比你更陰鬱

猶如你的作者

親吻你　你的舌尖腐爛了返青了

驚嚇你　你是不能報復的　無家的

昨天的病人被一本書銀白的鋸齒鋸著

被一個鑄鐵的名字逐出自己

因為天空已翻過了這一頁

四　沒讀的

螞蟻懂得怎樣爬過照片上的臉

螞蟻　在睜大的眼睛上行走

踩著黑色或肉色的辭

平坦　連閉緊也不敢

蟻酸使一個下午變黃　散開

一頭死貓的內臟聚集了蒼蠅

掛在窗外松樹間的鳥類大聲啼叫

誰也沒在讀　誰都

聽見一隻風暴的筆尖在紙上沙沙逼近

越過你　和你臉上的季節

眼珠　就像積雪在眼眶中坍塌

數著螞蟻輪流落下的腳

整個落入　死亡完美的想像

五　空白和插曲

晴朗的日子總是從大海開始

從一連串空白開始　從謊言開始

我們總是記錯時間　等待

修剪一座死去的花園摘到玫瑰

陽光下　紅白兩色的腦子在瘋長

追趕日記中煩亂的筆跡

我們記錯了　每天海風的鹹味

都是沒有地址的軀體

靜止不動的藍　被回憶編輯後才耀眼

被銷毀　灰燼的一生才繼續

修剪玫瑰直到花園被移栽在海面

充斥一個無人活過的時刻

以象形的敏感和象形的冷漠

六　沒讀卻讀到的

只有死亡流傳下去　在語言中落雪

只有嘴流傳下去哭喊母親

當天空無助得像一個呼吸的賽程

你被一隻蟬變得刺耳

八月　綠色中充滿腫脹的死者

只有孤獨　能給玻璃刻花

所有人被塞進一具肉體時加倍孤獨

使你沒有年齡去衰老

睡在忘卻裡的詩也睡在影子上

只有漂走　使你們彼此在自己身上

寫下別人　在夏天

一個死者年年落入松樹上的綠色大雪

黑夜的沙子就又漏下許多次

每次一個黎明　重讀被剔淨的經歷

死羊羔的海

你們肉做的棺材早被釘死了

濕漉漉的羊毛下　海的肉

翻開一冊膻腥的書

讓裹著皮革睡在火旁的赤裸女人讀

大雪吞吃一群羊羔時是聾子

哀號嗆進鮮紅的肺

魚類死於破碎玻璃下徹底的白

羊眼　終於空虛得認出這片冬天的海

血液結冰　認出被擰斷的脖子

你盯著風暴漸漸透明了

於是一切痛苦都是凍傷

小貓似的被抽掉骨骼的軀體

軟得又被雪咬下牙印

當你們的頭和著泥　成堆扔下卡車

恐懼　被趕進凍土深處擁擠取暖

灰黑的海水像一滴死後仍在喝飲的奶

春天出賣了你　它已遠遠逃離

夏天的精液一直在流汗

胎兒們卻從子宮的果凍裡探出鼻子

嗅著四隻奔向嚴寒的蹄子

奔進雪　夭折的器官終於發育成無痛的

死亡的鮮肉繁殖大片陰影

成千條牧羊犬撲入一扇窗戶狂吠

從海上看到你　報復性地停留在冬天

天空移動

你知道那裡什麼也沒有　連天空也沒有

雪白的屍骨被大片藍色解散時

一塊墓地的甲板總看得頭暈目眩

每個黎明急劇萎縮

窗口　就像一座講臺被刺眼的光照亮

風暴演講聲裡你那張小床

仍在退入昨夜沒有你的方向

沒有鳥　水泥的雲成群從樹上轟起

你越瘋狂地抬頭嘴裡越湧滿血腥

移動的是這張地圖　離開你痛哭的位置

磨損的鞋底放肆地用你眼睛擦腳

移動的是隻藍色的豹　牛羊們哀鳴中

一千次被屠宰的老人呼喊母親

你得坐進這個像隧道的地點

聆聽死亡不得不移動時　被移動

被一顆星星的方向留在相反的方向

被你睡眠中也在失去的　整理成辭句

月亮每天為被領走的肉體發黃

像口床單上的痰

腐爛　就不分性別地移入白色封面

讓天空在你裡面翻閱你

父親站滿視野　代代傳授這孤獨

馬群急躁地互相穿透　狂奔向你自己

雪盲症患者臉上貓頭鷹的笑容

那就是過去　天空移動的破敗門廊裡

你不看也已過去　又明亮又空曠

壓迫一棵樹突起漆黑的前景

時間海岸

（一）

狂風已把樹吹到邊緣　　累了的岩石

仍繼續向下滾動

一隻昨夜死去的鳥留下驚叫

那女性的尖叫　　在陽光中反銬

一個人被海命令時

不得不再次赤裸

於是任何一張床都擺在海邊

任何一條魚都佔用你們的腹部散發腥味

魚眼　　聚集了被看見的白

那天空的刺耳的白　　讓你用十月做夢

讓你在夢中提醒自己夢不是真的

當雲急急移動　　代替你的移動

漲潮　　為每天澆鑄一塊混凝土地面

死後的划槳聲

這片松針的綠抬起你狠狠卸下你

是一張從斑馬臉上剝下的皮製成田野

是鐘錶的肉　使你不能行走

你站著　海狗們就像陰影圍攏狂吠

一雙看著時間的眼睛看到被釘死的窗戶

是你　把大海變老了

盡頭　太單調的藍找不到一個字

語言終止於你的語言　島仍像癱瘓的背

十月終止於你怕冷的一剎那

裸體浴場摩擦著一塊被放大的屍斑

海在死亡中無限逼近時更像一個界限

是自己暴露在自己盡頭　是盡頭

讓一百年鮮豔得像一隻有毒的孔雀

因為沒有　才吞沒你

（二）

我們以為早已懂得的　早已失去了

沒人能從海上回頭

目睹自己站在海岸的懸崖上

目測一滴水不可能地流入另一滴

時間在什麼時間過渡成下葬的
像影子　自陽光照射的樹身剝下
那畏懼時間的樹秘密凹陷著叢生陰毛
沒人也有影子
在死者日晷上孵出的孩子
都被死者抱走

你身上流出的血才懂得拒絕你
變成別人　吸盡你

當石塊的鳥棲息在枝頭發黑
你在你四周發綠了　一根日晷上的針
靜靜籠罩古代船隊拋棄骸骨的方向
所有海　重返一個人被癌照亮的方向

我們被一切失散的繼續切割著

用制止耳鳴的瘋狂　創造這海岸
舌頭退化時　模擬一座棧橋舔食鹽類
波浪中趟出的兔子都熟了
詩人　無力逃離一雙腳已構成罪惡

從海上回頭你看見現在是天空

肺氣腫的天空　無間隔地喘成另一片

忘卻炫耀這兒　被沒有疼痛地記著

死魚的隕石打進你的胃

狂風　給每個海岸分發足以催眠的氣候

倘若你不怕

十月就穿上觀眾醒來

鬼魂的形式

一

夏季的第一隻蟬開始哭泣

死去母親的眼睛　從未離開你

類似被稱為夜的天空

或被稱為白晝

或酷熱的藍是牆上純黑的大理石

一片嘴唇剛剛刻出嫩得像草

而一條舌頭脆弱得不得不呼喊

凡被喊到的　租用死者的肉體

影子再死一次　才脫落成一張人皮

小小嬰兒的白色大鳥

在樹上扇動翅膀

從光　向一片暴露你的光可怕滑行

二

末日有無數的門　　讓你走向另一邊

坐在寂靜中猶如坐在雨中
被拍賣的土地　　學會不呼吸地活著
把頭頂懸掛的大海注射進一千只蘋果
死亡變甜時　　天空也成熟了

假如綠色集合起所有親人的告別
四季就敞開明亮的圍牆移動一棵樹
你的恐懼把你移入課本

每天　　就像死後星群不再隱去
每個人使鬼魂成為可能的

三

沒有。但假如鬼魂也不得不有一個人的年齡，死亡
還有什麼意義？腐爛的日子，一群群蜷縮著，組成
最年幼的一個的暗紅血肉。這隻落進你嘴裡的蒼

蠅，是否也已上千歲？用同一個時間產卵。一枚白色顆粒埋入你肉裡照耀你。因為肉是惟一可能被照亮的。死者，喜歡一種分娩的儀式。

五千年的生日宴會上，你將認出，那些過去的你，和那個永遠過不去的鬼魂。互相幻想著，就像被抱著。在不可觸摸的手指溫暖觸摸中，你和你自己組成了家庭。僅僅是這具軀體，無數次被失去的地點，又都坐進忘卻那更黑的石頭小廣場，被留下。沒有。疼痛。一千年長達一次抽搐。

四

是　死亡那類似母親的眼睛
薰香了樹木
是母親眼中的死亡誕生一首夏天的詩
這紫色花朵一直盛開到你的終點
純黑大理石的反光　讓你死在起點
是你自己在天空深處集體性交
是瘋子　被瘋狂無盡地挖掘成倒影

當一剎那你看見石頭那邊的你

海洋嗅出了最乏味的瞎子
光有受傷的腳趾時　藍必然不是一滴水
兩面相對流走的鏡子間沒有出路

永遠不會有
當人是鬼魂最簡單的形式　夏天
就保持燦爛　以一場吞吃母親的疾病
當鬼魂比一切花朵更是孤兒
你無望地被自己眼中的死亡誕生了

蟬　在體內叫個不停

蛇
樹

1

致命的想像移植到窗外

此刻　花園是劇毒天空的一部分

綠色完成於一場洪水

泡漲的馬　或啄食腐爛腸子的烏鴉

孩子盯著樹說　蛇

陽光遲鈍的聽覺裡響起嘶嘶聲

2

風暴使你活著

風暴　抽打蛇身的藝人

雙重虛構的樹枝

尾巴在一根刺耳的笛子上打成死結

如一群抓住子宮不放的辛辣胎兒

3

掰開春天長鱗的　渾身唾液的

用腹部滑行的手指

4

從哪兒開始　這是樹　而那是蛇

從一個死者到另一個死者

肉體內部的大雪怎樣忍受脫皮的疼痛

落到外面

5

花園　是一首劇毒的詩的一部分

所有天氣都剛剛被折疊過

所有樹　跟隨一棵正被孵化成蛇類的

一個孩子眼睛裡恐怖的就是好玩的

你含在咽喉深處的牙

杜撰那鳥鳴　被按進墨綠沼澤的

夜空　與一片藍相反爬動

自願飢餓的辭結滿瘋狂的果實

6

每分鐘裡多少次呼吸

每次呼吸中多少棵蛇樹

每棵蛇樹上多少酷愛幻想死亡的器官

7

惡高懸於內心的形式　聚集著土地

樹枝在你的堅持下繼續長出

向下彎曲　切除包皮的純肉棍子

抽著不怕毒死的芽

四季　闡釋一種冬天陰冷的美學

冷血滲入任何一個脆弱骨節

風中退化的腳　糾纏如舌頭

詩人就還在抒光葉子

裸露的蛇更殘忍時只是一株植物

用關於孩子的聯想

把孩子扎穿

像一棵蛇樹閒暇中偶然完成的

最簡單的

食肉的魚齜出一口牙微笑

月亮　卻像個被射中的越獄者

臉朝下死去

從影子上撕下光

從光　撕下這隻被光誘騙的豚鼠

河水一直沸騰

四條小腿　拼命划動中只剩下白骨

鮮血的最後一身皮毛緊緊懷抱

眼睛還瞪著天空　不知誰活活被吃掉

中世紀聖像畫

平靜地接受死亡已是很久以前的事

當一個名字抵消一種智慧

肉體　最後忍受著受難的金色

每個嬰兒學會用哭聲爭論

關於黑夜的哲學

是否總多於所有黑夜

安魂曲唱不出傷口之外的

筆觸也畫不出

任何一雙眼睛的暴露狂

深邃的天空拒絕一個人墜入

從那時到現在　我們

發明的　只有嘴和耳膜間冗長的距離

博物館

孤獨並非最後的據點　它什麼也不是

純粹的死亡猶如擺在大廳裡的花朵

鮮豔　脖子被剪斷

一個三月淡淡散發出甜味兒

血應當被忽略　因而更像傑作

並非燈光代替了陽光照耀

這根黃金的枝條才乾枯

黑夜與黑夜的大理石畫框　被磨亮

鳥叫聲的青銅斧頭劈下時

從未降落的雨　佈置天空僅有的內容

和我們　一個順從移動的話題

更悠閒地坐在畫外

看著自己被大師刮掉

北方

田野乘著雪橇　無聲地滑入過去

道路　僅僅證實天空在崩潰

像每個字背後用盡的白

時間　裸露

零度時淡紅色灌木抽打春天的激情

一扇窗戶比一隻野兔奔跑更急速

你被塞進一具兔毛脫落的軀體

兩耳被白色足跡拎著

光　死死釘在寒冷的方向

一種精緻得人類不認識的病

你不看　野兔的內臟也遮住地平線

發炎　大笑

徹底消失於一場不變的雪

如果記憶存在

你被切下時更完美

玻璃藝人

被時間切割是惟一的快感

你一生等待　玻璃指甲慢慢長出

玻璃的根扎進一個大海

黑暗　就像老化的藍

孩子　在自己臉上摸到死亡

一件傑作中摸不到的光

使一隻鳥的小小瓶子盛滿四季的水

如此易碎

誰在過去成形就躍入冷卻的　肯定的

玻璃的愛情　使大海無力翻動

鈴聲搭成這個鳥巢

你全部的惡耗　僅僅是一天

今天　被不變的風暴確認為死過的

不怕腐爛的　在陽光中閉緊眼睛

復仇的蝴蝶

一隻被你毒死的蝴蝶有一張人臉

烏黑陰鬱的翅膀　必定有記憶

記得　最後一次俯衝時女性的瘋狂

仇恨　認出自己是花朵

早晨明亮的錯覺中

一隻黑色粉撲　撲滿噩夢的鮮豔房間

蝴蝶又等在你怕看的牆上

被你親手撕毀後　找到你

被變成陰影　用風聲觸目地包圍

一張細細咬你的嘴　在死後

必定是人的　反向佔領綠色的天空

你越想忘記越明白蝴蝶在復仇

布萊希特的最後提問

冬天意味著發黑的松樹

雪　意味著沒有人的房間裡

從早到晚的燈光

照耀　有人的墓地

卸了妝的骷髏使你更像詩人

把上一個群眾角色的一生脫在窗外

意味著參觀自己冰冷的笑

玻璃的封面　內容是一場暴風雪

死亡的劇目　一座城市的菜譜

讓鐘聲在兩個終點間像掌聲

兩個你　互相被想像

手的醜陋鳥兒書寫灰暗天空的贗品

意味著死者早已看到了

這墓碑站在書房窗外　像個弔唁的字

每一根松針的綠最後被租用

讓敵對的　現存的

整個完美無缺的黃昏虛擬你的瘋狂

問　夜有什麼　夜死過兩次還奢望什麼

大海停止之處（組詩）

藍總是更高的　當你的厭倦選中了
海　當一個人以眺望迫使海
倍加荒涼

依舊在返回
這石刻的耳朵裡鼓聲毀滅之處
珊瑚的小小屍體　落下一場大雪之處

死魚身上鮮豔的斑點
像保存你全部性慾的天空

返回一個界限　像無限
返回一座懸崖　四周風暴的頭顱
你的管風琴註定在你死後
繼續演奏　肉裡深藏的腐爛的音樂

當藍色終於被認出　被傷害
大海　用一萬枝蠟燭奪目地停止

2

現實　再次貶低詩人的瘋狂

一個孩子有權展示一種簡短的死

火焰使眾多軀體下降到零度

恨　團結了初春的灰燼

花蕊噴出的濃煙　越是寧靜越是傲慢

一廂情願的純潔的恐怖

這一天　已用盡了每天的慘痛

火　嗆進肺葉時

海水　看到母親從四肢上紛紛蒸發

去年的花園在海上擰乾自己

在海鷗茫然的叫聲中上升到極點

孩子們犯規的死亡

使死亡　代表一個春天扮演了

偶然的仇敵　黑暗中所有來世的仇敵

僅僅因為拒絕在此刻活著

3

單調的與被單調重複的　是罪行

一個獨處懸崖的人比懸崖更像盡頭

你　被上千噸藍色石塊砸著

眼睛　躲不開砸來的大海

那看見白晝的與被白晝剝光的

時間　死者放肆的色情

一根魚骨被打磨得更尖不可能是錯誤

一滴血　稀釋了懷抱沉船的水

象牙過時而殘忍像一座陽臺

樹木　又網住自己枝頭綠色的魚群

這間雪白病房裡　雪白的是繁殖

乳房袒露在屋頂上　狂風

改變每隻不夠粗暴的手

天空的兩腿被床欄固定

給了海　大海在睡夢中更無知地滑動
一隻蟑螂抽搐得酷似人類

過去的與被過去吐出的　只是肉
這現實　被你記起　只有遠去的肉
否定一座藍色懸崖
否定了翅膀的大海早已被摔碎
你臉上　每個波浪寫下光的謊言的傳記
而盯著盡頭的眼睛是一隻鮮牡蠣
正無盡地返回隔夜壞死之處

大海停止之處

1

鋪柏油的海面上一隻飛鳥白得像幽靈

嗅到岸了　那燈塔就停在
左邊　我們遇難之處

鋪柏油的海面上一隻錨是崩斷的犁

一百年　以墓碑陡峭的程度
刷新我們的名字
在紅色岩石的桌子旁被看著就餐
海水　碧綠松針的篝火讓骸骨取暖
齜出滿口鏽蝕發黑的牙　跳舞

小教堂的尖頂被夾進每個八月的這一夜
死亡課上必讀的暴風雨

那光就停在　更多死者聚集之處
錨鏈斷了　錨墜入嬰兒的號哭深處
情人們緊緊摟抱在柏油下

一百年才讀懂一隻表漆黑的內容

2

花朵的工事瞄準了大海

一只等待落日的啤酒杯　塗滿金黃色

像嘴唇上逐漸加重的病情

那說話的　在玻璃中繼續說話

那歌唱的　都被一把電吉他唱出

用十倍的音量封鎖一個聾子

微笑　就是被錄製的

食物　掰開手指

水手溺死的側影　就逼近

在椅子和椅子之間變成複數

風和風是呼吸之間一攤鹹腥的血跡

那被稱為人的　使辭語遍佈裂縫

石頭雪白的腳踝原地踏步

使心跳的樓梯癱瘓

日子　既不上升也不下降就抵達了

最後的　醉鬼的　被反剶的　海

3

麻痹的與被麻痹裹脅的年齡

沉船裡的年齡

這忘記如何去疼痛的肉體敞開皮膚

終於被大海摸到了內部

被洗淨的肝臟一隻白色水母

被醃熟的臉　牽制著上千顆星星

被海龜佔領的床　仍演奏發亮的樂器

當月光無疑是我們的磷光

潮汐　不停地刮過更年幼的子宮

呼救停進　所有不存在的聽覺

在　鯊魚被血激怒前靜靜懸掛的一剎那

我們不動　天空就堆滿鐵鏽

我們被移動　大海的紫色陰影緊握著

一百年　一雙噴吐墨汁的手

摸　無力的與被無力實現的睡眠

恥辱　騎在燈塔上

摸　死者為沙灘遺留的自瀆的肉體

飛鳥小小的弓把飛翔射入那五指

我們的靈柩不得不追隨今夜

挖掘　被害那無底的海底

停止在一場暴風雨不可能停止之處

大海停止之處

1

誰和你在各自的死亡中互相瀕臨

誰說　惟一被豐收的石頭

使海沉入你的水下

當你看時　只能聽到鳥聲就是葬禮

你聽　卻夢見海的暗紅封面

擱在窗臺上

噩夢把你更挑剔地讀完

屍首們被再次回憶起來的白堊填滿了

誰和你分享這痛哭的距離

現在是最遙遠的

你的停止有大海瘋狂的容量

孤獨的容量　讓一隻耳朵冥想

每個乾枯貝殼裡猛獸的鮮血在流盡

雪白劇毒的奶　一滴就足夠

給你的陽光哺乳

睜開眼睛就淪為現實
閉緊　就是黑暗的同類

2

這類似死亡的一剎那　激情的一剎那
黑色床單上的空白同時在海上
中斷的一剎那　肉體
用肉體的鏡子逃出了自己
焚燒的器官是一條走廊
而癱瘓　是使大海耀眼的湛藍目的
女孩們歡呼放棄　停止存在時
最鮮嫩的窗戶都濕漉漉被海推開

投入一個方向　沒有的方向
遠離彈奏的手指　琴本身就是音樂
遠離風　鹽住進全部過去的傷
類似被遺忘的僅僅是現在
正午的黑色床單上一片空白性慾的水
血緣越遠越燦爛　照亮了墮落的一剎那

現在裡沒有時間　沒人慢慢醒來

說　除了幻象沒有海能活著

3

無力生存的也無從挽回了

大海集體的喘息中

名字　被刨掉敏感的核

指甲抵抗著季節　謀殺徹底不朽

鳥翅搧涼了形象

誰的與被誰用一個夢做出的

停止在現在的與被停止無痛改變的

你　總是你的鏡子更邪惡的想像

缺席者更多時　更是世界

每一滴水否定著充滿視野的藍

死亡堅硬的沙子　鋪進夜晚的城市

一條新聞人物的爛魚

是骯髒的影子就一定能再次找到產婦

而　誰聽見別人在耳鳴

現實才敞開　像一門最陰暗的知識

這不會過去的語言　強迫你學會

回顧中可怕的都是自己的

臉　被墓地輝映時都是鬼魂的贗品

歷史　被秋天看著就樹幹銀白

噩耗一模一樣的葉子

彼此都不是真的　卻上千次死於天空

大海　鋒利得把你毀滅成現在的你

在鏡子虛構的結局蔓延無邊之處

大海停止之處

King Street　一直走

Enmore Road　右轉

Cambridge Street　14號

大海的舌頭舔進壁爐

　　　　　　一座老房子洩露了

無數暗中監視我們的地點

我們被磨損得　剝奪得再殘破一點

影子就在地址上顯形

　　　　　　陌生的辭僅僅是詛咒

近親繁殖的鄰居混淆著

死鴿子嘔吐出一代代城市風景

玻璃　嵌進眼球

天空　就越過鐵道驕傲地保持色盲

每個人印刷精美的廢墟的地圖上

　　　　　　不得不擁有大海

所有不在的　再消失一點

就是一首詩　領我們返回下臨無地的家

和到處　被徹底拆除的一生

2

海浪的一千部百科全書打進句子

岩石刪去了合唱隊

沒有不殘忍的詩

能完成一次對詩人的採訪

寒冷　從雪白皮膚下大片溢出

灌木　引申冬天的提問

總被最後一行掏空的

遺體　總是一隻孵不出幼雛的鳥窩

一個早晨牆壁上大海的反光

讓辭與辭　把一個人醒目地埋在地下

一首詩的烏雲外什麼也不剩

誰　被自己的書寫一口口吃掉

像病人　被疾病的沉思漏掉

一部死亡的自傳　用天空懷抱死者

沒有不殘忍的美

沒有不鋸斷的詩人的手指

靜靜燃燒　在兩頁白紙間形成一輪落日

說出　說不出的恐懼

3

某個地址上　孩子切開一只石榴

某個地址把孩子想像成

眼睛　肉裡白色的核

血　凝固成玻璃的吱吱叫的鳥兒

一半軀體在手中看不見地扭動

而牙齒上沾滿被咬破的淡紅色果凍

死　孩子看到了

那忘記我們的與被忘記無情復原的

一座入夜城市中抽象的燈火

是再次　卻決非最後一次

剝奪我們方向的與被太多方向剝奪的

藍　總瀰漫於頭顱的高度

　　　　　　在凝視裡變黑

總得有一個地點讓妄想突圍

讓構成地址的辭　習慣人群的潰爛

空虛　在眼眶裡

　　　　　　僅僅對稱於

大海　在瞎子們觸摸下沒有形狀

某個地址指定種植銀色幽香的骨頭

剝開我們深處

孩子被四季烘烤的杏仁

成為每個

　　　　　　想像　被看到否定的

　　　　　　被毀滅鼓舞的

石榴　裹緊藍色鈣化的顆粒

大海從未拍擊到孤獨之外

從未有別人在懸崖下粉身碎骨

我們聽見　自己都摔在別處粉身碎骨

沒有海不滑入詩的空白

用早已死亡的光切過孩子們　停止
這是從岸邊眺望自己出海之處

十六行詩

倫敦

現實是我性格的一部分

春天又接受了死者四溢的綠

街道　接受更多鮮花下更黑的送葬隊伍

雨中紅色的電話亭猶如一個警告

時間是內臟的一部分　鳥類的口音

打開長椅上每張生鏽的臉

看著夜色的眼睛一場冗長的飛行事故

又一天被塗掉時　倫敦

寫盡我的瘋狂　舔盡啤酒的棕色泡沫

鐘聲在一隻鳥頭裡震盪像陰暗失業的詩句

城市是辭的一部分　我最可怕的部分

顯示我的渺小　接受

窗外霉爛的藍色羊皮封面

羊肉們的記憶勤奮裝訂著

自己的死亡　死在　不抽搐的鏡頭裡

當兩頁報紙間是墓地　墓地後邊是大海

水的歸程

這還是溢出一只六歲時小小浴缸的血

這還是那張票　在手裡攥了多年

攥緊一艘死亡的渡輪

岸　明確得像一道肉體的界限

疼　就比鑄鐵欄杆更準時

切開湖水的光摔碎在眼睛後面

雪山的大教堂　摔進堆不滿的藍

盯著天空中被漂白的臉逼近

長長的尾線懸掛你一生的地圖

一隻死鴿子的翅膀垂下

水把過去收藏得更深　回顧

雙手再也無從錯過不在的

你的血還乘著一個肉色坍塌的地點

還忍受著湖上最後的週末

雖然一隻破紙袋已抖空了多年

餵鴿子的老婦人　本身已徹底是殘骸

塔中的一夜

黑暗才是我們尋找的　而窗戶

無一不是炫目的兇猛動物

看過的雪隔開從眼睛到眼睛的距離

鳥　佈置蒼白裸體上的磷光

石頭旋轉成反鎖自己的角落

讓我們的肉互相被反鎖

夜才是必須的　一塊皮膚的

一夜　聆聽四面懸崖下總不夠寂靜的風暴

天空總不夠不存在的深度

手指移動在睡眠上　日暑生鏽的針

沒有時間　才有女性觸摸自己的瘋狂

塔比我們的嗅覺更享受囚徒脆弱的鹹味

痛苦　更愛好一切無法治癒的

被黑暗暴露在某處　我們

一再找到彼此深處　喝醉

成為不願醒來的　一再　推遲這黎明

布痕瓦爾德的落日與冷

末班車還沒來　而暮色的時刻表

已四合　最後的光移出水銀柱

最初的冷正脫下淡紅色皮膚

等車的我們　等著落日

把一天變成一間熄了燈的圖書閱覽室

夜來自一次肉體的內分泌

黑暗的領座員領著石頭

枝頭靜下來精雕細刻的烏鴉珍珠

山下就是生活　去那兒只要輕輕一跳

如落日　在鑄鐵圍牆後無盡落下

凍疼的指尖上一粒百年鐘聲的水晶

一小堆用骨頭收藏的灰

撫摸就在查閱　傷害的薄薄詞典

消失到零下的地平線　裸露

水泥陰道裡一滴硬得像行星的精液

等在無人的未來　末班車早過了

海的慢板

痛苦必須有它自己的角落　例如午夜

例如窗口　大海的黏膜貼著玻璃

黑暗的物質從眼睛裡緩緩滲出

紅酒像一盞夜航燈

你聽見渾身血脈的入海口叫喊一個名字

變冷的告別翻開了課本

遠方一塊黑板　懸在零點的赤裸之外

波浪背誦一張臉的家庭作業

反光的詩　反射魚類誕生前的思想

一千條水平線推遲大海這個詞

島嶼屈從的肉　衝撞不能推遲的今天

正如每天　眺望就是隔開

四周吱吱喳喳的玻璃被你吸進肺裡

比不動還慢的死角　坐進

醉意　風暴過濾成另一側無色的現實

痛苦　它完美無缺　它是瞎子

明代

沒有誰死於現在　橋那邊就是過去

美人水袖中三百年美學

夢見鳥夢遊瓦　船

撐到床前　身上的小溪流淌一夜

木頭窗櫺裡一件月光的袍子

換下　死亡近似一個被解決的難題

動詞雪白的手心瞧著

不動　橋那邊在我們這邊

每個街角上孤零零懸掛著皇帝

路燈　照見時間蟄入鐘錶

一個肉體的精密結構擰緊了弦

體溫裡定居的愚蠢朝代

我們揮霍的美不在乎被一陣寒顫推翻

醒　涮洗深及呼吸的雕花陷阱

橋那邊　明代在暗處

記得這樣活　鬼魂派出現在的知識

菩提

松鼠的四肢裡遍佈現實的內傷

那仰天抽搐的姿勢

毋寧是色情的

誰全力以赴投入這個清脆的秋天

一枝插進血管的體溫計　插在窗口

讓葉子們像攀援的豹

匆匆跳下夢失蹤的另一半

誰猛然自你體內抽出　丟下虛無

語言在水上消失　風把字帶走

又一個故事只有讀者卻沒有作者

這綠色眼神　來到就是痛苦

每年一隻最後摘除的乳房

搖著　聽著一夜像嬰兒無情地咂嘴遠去

一個人被再次解散為時間

坐在　一棵詞義碧藍的樹下

像堅持冷　堅持去錯

光

──「流神聚水」（道符）

坐在庭院裡　看一只檸檬聚集大海

坐進枝頭金黃的那一滴

看　自己瞳孔中湛藍漆黑的

距離在窗臺上慢慢回頭

鳥鳴的小巧機器在松針間

最遠的欄杆一雙翩翩鳥翅

重複畫下那橢圓　嵌著三片雲

坐進檸檬的光速

蕊是一場爆炸

庭院像一只核啐到空中

光在聚集眺望的靜脈

鮮豔的肉體打開一扇屏風

一只檸檬裡死亡的亮度灼瞎了

金黃的圍困在視線裡的疼

看　鳥兒心跳的高度

自己瞳孔中　惟一不可見的瀑布

龍華寺

被鱷魚咀嚼構成這首詩的前夜

夢中可怕的真　寺

院　在水濱在山巔

只要手的蓮花仍像那天一瓣瓣掰著

空　我們的抵達半是梅半是血

只要許願的冷能停留

在香爐裡　照相機片段片段地活

青苔捻了又捻石頭的眼珠

找到這首詩的前世

骸骨摟著骸骨　漫步於鐘聲的背面

我們的猜測定居在一朵蓓蕾裡面

梅飄落攪拌好香的血

膝下洩露的血跡　重新從一數到七

只有信回來的　回味著

閃光燈　潛望剛剛成形的肉體

依稀記得與鱷魚性交的快感既美又疼

河口上的房間

總有一隻船遠去　目送著你

對岸在遠去　天空是倒立的命題

字與字之間一條河流過

到你的無言時　海鷗的旗語雪白而膻腥

退潮　月亮在拉溺死者的名字

魚類俯瞰黃昏　眼眶中摳出燈塔

每天的鏡子關緊一個葡萄酒味兒的

上游　黑暗像一盤海鮮逆流行駛

大海從一個問句開始　它問　哪兒

房間像一隻鳥站在船桅上

四壁漂流的地址　演奏橋的弦樂

手指與手指之間只有水不動

遠去的是你　總比一個遠方更遠

目送一首詩　浸入總在漸冷漸藍的體溫

霧來了　霧是夜的閘

你知道闔上眼這清晨就在海裡

十年

時間像一尾魚游向自己的美味

岸不在你腳下　年

比一個字更空　防波堤

尖尖的乳頭餵著風暴

石頭不在　你像一顆銅螺絲被擰著生鏽

波浪閃光的腋窩裡　沉船紀念碑

以一個穿戴魚鱗的名字

沖下肉的坡度　蜇著海蜇的藝術

這片空白被稱為水　變甜

被稱為老　陽光有一塊磁鐵內在的緊

十個夏天在你肺裡

修剪　一處失血花園的黑色水位

港口的倒影跳著舞

努力回憶　誰留下酷似你的性

廚房裡一杯自釀的酸啤酒被喝掉

等於被倒掉　骸骨畢業於又一個零

柏林・STORKWINKEL 12號

死亡的戲劇扭歪了你們的五官　已沒人
記得一陣孱弱兒童的笑聲和恐懼
門廊空空蕩蕩　樹是一炷香
九月押送著全世界的金幣
用世俗的怪癖擦亮這個黃銅號碼
樓梯的腳本　誇張房間裡一頂帽子
一個不出眾的時代高高站直
捏碎大海的風箏　血　從沒有童話

只有　死者被恢復的善仍走在回家的路上
落葉乾枯的刃平靜地割下秋天
一封信不出眾的謊言　你們的名字
偷換成我們的　鬼魂是一張舊照片
傑作太熟知怎樣烹調人的缺陷
潤色孩子們掌心裡一幅星圖
誰躲進風聲了　別再掉進腳丫的黑牡蠣
死吧　詩是惟一的地址值得去復活

一隻蘇黎世的天鵝

如他所說　幸福有一種輓歌的形式

挽留它自己不知道的美

舞蹈的流水　假寐了七百年

向石拱橋上那人匆匆一瞥

如她所說　挽回不了就一口口去咀嚼

撲入腋下的又一場白雪

橙紅色小嘴依次伸向似曾相識的岸

肉體的熱忱　熱衷於放棄

抽搐的羽毛筆　簽署過再多垂死

仍是單數　如他站在水面上說

如她　認出倒影中冷冷重疊的惟一一隻

在河底甩著斷翅　說　陽光嚼爛了

五指之美美在死死握緊茫然

洩露內心的藍　襯得一根銀製鏈條更刺眼

彎成它自己血污的首飾

肯定一隻大鳥的狂暴　輓歌般安詳

仍

仍是回文詩　街上佈滿說謊的孩子

仍在世界薄薄的荷葉邊上

雲啃著拇指的小橡皮

不一樣的仍　仍有

一只繭　抱著情人的汗味像抱著鋼琴曲

起舞　舞步裡子宮要命地痙攣

仍聽著電報聲把往事深深吻成一件

私事

傍晚鑄造的暴風雨的鋼印

不停砸壞一個名字

樺樹林的皮膚比舊衣服還舊

鳥聲　自轉著羞怯的新

仍暗中滑下孵出星星的熱熱軌道

月亮疼痛的好　銜回肉色漲紅的一分鐘

孩子　交出藏在手裡的死鳥

交出雙翅深處沒用的距離

影戲

痛苦就像美　以自身為目的

牆是一隻貓行走的舞臺

而舞　是一場第三人稱的大紅大綠

深處有隻手拋著落日　影子間

相愛的器官　攢緊了蝙蝠的尖叫

相棄　黃昏翩翩於一副掌心的肉墊上

貓眼中每一剎那都正縱身一躍

故鄉　被剪裁

逗留於一朵刺青

一個角色被無限剝製成戲劇

燈光剝制著晚霞　捕捉側過身子的現實

影子們襤褸地披著人格

每天縫合一場大笑　深處

那隻殺手在響應　貓爪下

所有落日舐到自己的無血

相挾而入鼓掌的黑　抱著禮物睡去

父親的青花

一小罐深夜　窗外一千條國界懷著他

老年的天空繼續窯變

繼續整理這盆花草　燈光

上釉的手　煉製一場藍色的咳嗽

他在肉裡刺繡後代們易碎的白

千百次轉身　一間小屋的

蛇腹吞下人生最長的直徑

他通宵的醒　像全世界在夢囈

醒著不看人類　甚至不等

一杯黑暗的茶　四壁柔軟地滑上去

小鐵桌墜入黏滿毒液的甬道

又一只燒紅的圓封存

他的書　無人閱讀時斂緊雙翅

第幾個開了又謝的把玩的七十歲

用刮不掉的花瓣驚動一件器皿

睡下　再露出白晝的胎記

你身上的園子

貼近去嗅那兩只凍得肉色青紫的

漿果　才有股十二月的味兒

貼緊泥濘草葉上最初的白霜

幾乎看見你的子宮

在分娩雪花

一上午的樹枝　拍落滿地金黃色的污點

你用一堵紅磚牆向天空不停傾瀉

那隻小松鼠　漏出畫框的灰燼

胎兒探出頭　深及這間臥室

烏雲像睡衣甩到釘子上　活

簽署窗口右下角一個模糊的日期

名字冷冷調著一小瓶指甲油

陰唇懶洋洋噘起　說又一年已收拾好

一隻公貓躺進你空出的那片藍

兩場雪嚇人的間歇

鳥嘴上奔跑的詩　無非著了魔的字

第六輯

李河谷的詩

在河流轉彎處（一）

這兒　油亮的水面上發育著另一個身子
這油膩膩的藍色兩翼　扇著
從未真正抵達的秋天

從來都是秋天　河流轉彎處
季節再次與你相關
注視　把眼睛無情拋棄

沒有什麼久遠的事　一張長椅
深深陷進自己沉思的天性
一個河面遍佈迎向逆光的小小斷崖
波浪滑過像只瓷器微微爆裂
又黏合了　蒲棒們的花紋從水上
摜到岸上　而岸　還在自你內心移出

空氣中激動死者的鮮味兒
響應一個冷豔的指揮的手勢

在河流轉彎處（二）

這兒　水平平鋪開兩個方向的倒敘
在河流轉彎處　一個人撤出年齡

才擁有許多刻進椅背的名字
陽光撤出一下午炫目的地理學

另一些停過這裡的體溫回憶著你
另一片乾了的水跡把傍晚

概括成吐出的　血污的
兩個死亡中烏鴉朝此刻斜視

划船的女性手臂朝兩個終點最後衝刺
天鵝被看不見的飢餓逼著

親近河的肉香　你坐在魚刺頂端
兩個方向上的過去都是空的

在河流轉彎處（三）

這兒　一枚鳥頭找到它自己的沼澤

去腐爛　骷髏雪白而精巧

如一個放棄飛翔的思想

日子總能讓你陷進去

齊眉的甜蜜水聲中　聽覺

本身就是一個洞穴

河拉開一架真絲屏風

盛過天空的身體都變換著光速

濕再次與你相關　卻與水無關

濕濕的窗口從河底漏下　野樹叢

吸去心跳和空蕩蕩的眼眶

藍的暴力像塊顱骨倒扣著

從未真正抵達的遠方

從來在逼近腳下

書架上一只小水晶盒子灌滿死後

瀑布似的距離又把你摳出來

在河流轉彎處（四）

這兒　河轉身　凍紅的灌木轉身
葦葉被修剪的響聲　剪下仍不夠黑暗的
星星轉到看不見的另一側
都是人形

複眼們繁殖在天上
又一片城市燈火　從你內臟裡浮出
水面縱橫的裂縫猶如籍貫

你剛剛被改寫的
不得不接受的這一個
　　　　　　這場吱吱叫的雨
從未真正打進任何一夜
從來都是最可怕的物種

地平線轉回來　你有這麼多白茫茫的水

推開水中已不抓什麼的手
停頓再次與皮膚相關　滿河谷的珠光
給你一個這兒　斟滿數不清的哪兒
給喝醉一個形象　今夜高地上

誰戴著金面具　海鷗倒映看不見的海
折斷的白十字　在頭上釘牢了

　　　　一滴雨蜇著宇宙
涮洗　一對被摘掉的聾耳
捱過這條肉質的邊界吧

散步者

水下的金魚是否會歌唱一座城市的興衰

河邊一排鑽研羽毛的天鵝

是否在刻畫　攬鏡自照的少女

風聲灌滿了他散步的自我

　　　被黑暗中一條街領著

到這片沼澤裡　腳陷下一寸深

綠漫出堤岸熟讀冬天的無奈

一場雨後　草葉破碎的膝蓋到處跪著

一塊雲虛構一次日蝕

他在地平線遠眺中忽明忽暗

　　　繁衍有隻雁整整叫過的一夜

到這個遺忘裡

感覺被河谷溫柔地吞下去

感覺自己已變成河谷　一株枯柳

爆炸的金色　投擲一隻不停分娩天空的子宮

　　　聽木柵欄在風中呼嘯

　　　被釘死才攔住日子

到達水和血濕漉漉的相似性

沉溺等在這兒　小酒館絮絮叨叨的未來

鎖著門　一城市的他端著冷了的杯子

　　　像個被栽種的呼吸

走得更遠　埋進老鐵橋的骸骨

不可能再遠　大叢暗紅鏽蝕的灌木

逼入窗戶　陽光鬼魅地一亮

提示他頭上定居的陰沉沉的水位

　　嗆死的風景到了

　　黑暗中拆散的

　　　　孤懸的臺階到了

河谷的姓氏

四次見到枝頭一枚最後的蘋果

你離這姓氏就不遠了　四場

下了整個冬天的雨連成一條虛線

慢慢剝光你的衣服　找到

一個黃昏認領的凍紅的焦點

公園裡修剪整齊的柏樹忍著形式

水淋淋的雲層收藏爛掉的果肉

寒風中　烏鴉被它的世界語染得更黑

你卻聽懂了　脫盡葉子的鏈條上

一只鎖住的蘋果在蕩回來

孤兒似的香像粒深陷的籽

埋在河谷下　喊一聲雨就落了

喊到你的乳名　你的血型就變了

鳥巢高高的單間臥室浸透水

一滴漫過一生　在你肺裡

被繼承的命運撒著雪花

旅程

一

雁叫的時候我醒著　雁在
萬里之外叫　黑暗在一夜的漩渦中
如此清越

河彎過去　口渴的人
臆想一杯水墨綠色的直徑
陷進玻璃的翅尖冷冷　搧著冷冷發脆

沙漏　為沿街每一幢房子下錨
雨後的輪胎撕開長長的繃帶

我聽見我身體裡那些船
在碰撞　龍骨們擠進乾裂的一根
雁叫時　黏在耳膜上的城市
懸在別處飛　一種輕如殘骸的地理學

二

　　　　水是沒有意義的

河彎過去　風摩擦乾了的船底

老鼠們喜歡攀登這副鐵架子

鏽腥味兒　像漂亮的魚刺

月光漆著一個弧度　死者上妝的臉

安靜得像隻木頭子宮丟在岸邊

離水聲一點遠　離沙石小路一點遠

離星座間擺脫了方向的舵一點遠

收攏的槳像累了的疑問

死死纏在軸上

　　　　　水是沒有意義的

但水的瓷　燒繪出港口的圖案

時間帶來回憶的主題

一條被懸空架起的船能回憶些什麼

除了一個聽覺　水一樣細密縫合著

除了一只鈴　搖響就在刪去

雕花的耳朵　候鳥逡巡

　　　　　而地球錯開一步

光年交叉中圓圓的巢

再也找不到　誰駛過哪條河

水　燒結成這塊摔不碎的瓷

早碎了　隔開一夜已隔開許多夜

隔著酷愛作曲的歷史

　　　　　水是沒有意義的　因而

升起潛望鏡的恐怖

醒在一艘棄船裡　醒著看

天上億萬條軌道高擎一朵朵荷花

都關緊粉紅色　喃喃而說時

被一個無力懷舊的語法抓著

鐵的器官屈服於內部的空

還能撐多久　當一條魚精選氧氣裡的毒

還試圖辨認什麼　這一眨不眨的眼前

黎明無須過渡　黎明已徊游在別處

刺骨的美學　離孤獨

一點兒遠

雁叫的國度是一個座標

在水下　哪個死者能繼續昨晚中斷的旅程

三

圓心　隱身張望的文本

把我變成又一頁初稿

圓　漂在鬼魂筆跡裡的床

被水暴露也被水取消

雁真叫過嗎　或一夜深邃到非時間

雁彎彎割斷的脖子

越怕聽越易於被喚出

聽覺比喻地貌　黑暗

比喻一種扣留我的物質

城市的流體濺出一枝桃花

否決地平線的　還是震耳欲聾的心跳聲

大腦比喻星空　床沿

比喻一條繃緊的船舷

尖叫囚入一滴雨　夢的萬有引力

從它們的萬里之外彼此思念
都在圓上　都被還沒寫出的驅逐著

彎回此地

家（一）

欠缺的那隻貓在傢俱間行走

給雨天一塊白　瓶子洗淨了

器官們璀燦地懸在體外

每只有一對叮噹作響的南北極

用欠缺的磁力線頂著冰雪

又一小時　把你和我移入一艘

飛船　手拉手　驚叫　閉眼

幻想能在瘋了的星空中穩住

家（二）

你亮而細的鼾聲遠遠圍攏

夜　有根剪下來精工雕琢的慧尾

這房子　浮在水上就追隨

水的形狀　襯著磷光持續發黑

襯著秒針的舌頭捲走了世界

詩人需要一只籠子　不小於

我被容忍的愚蠢　牆換了又換

而一幅畫倚著虛空　定居在風中

琴聲攔進宛如舊書的一件往事

錯得可愛　非錯不可才遷徙成詩藝

燈有隻蛾子的自我

光速在肉裡猛烈地醒著

追上地平線時享受一頓湛藍的晚餐

還泛著油漆香　撕掉皮膚就撕掉

你和我　和下一個訂製的早晨

紀念一棵街角上的樹

昨夜　我的詩移到街角上

扮演一棵樹　揮舞

鬼魂那樣猛轉過臉來的小白花

踮起腳尖叫　空中遍佈

閃爍晶瑩的踝骨

唐代像盞燈倏地被擰亮

已經第幾年　沿著紅磚牆

拐彎就是故國　枝頭

熟悉的血又找到替身

潑出成噸的水銀色

不再怕凋謝　自涮洗春天的

一夜　樹樁上嬝嬝的電鋸聲

個人地理學

　　　　　　　　別人看不見

比高地更高　有烏鴉白茫茫的領空

公園抖動它的綠　抖著

子宮壁上的肌肉　分娩

花瓣哭成一片的春天

手掌上滿載故事的地圖

斜斜織入這條街　什麼也不說

就變了　樹木的密碼鎖

一撥一個去年　再撥

壓死的鳥鳴都躍回枝頭

水耽於幻想　萬物的孤獨

嵌在一枚人形的圖釘上

別人看不見　陽光錘打中

你無知地跨進這個下午

跟著黑暗的指南

空中的月夜

十五個小時的月亮在我左邊
總在左邊　機翼的裸體迎著黑暗

十五個被拉長的橢圓形
與時間無關　回頭　滿目你的冰雪

在升高　離別是朵盛開的奇花
用變大的回聲吮含那只小鈴

月光覆蓋我　性交後的睡眠覆蓋雲
世界在哪兒　沒人飛出此夜

哦　別停　別掉出一條河谷
的銀色　保持勻速　這就是死亡

鬼魂奏鳴曲

一　海與河

跨出柵欄就是大海

而兩條魚的剋星　還要

一剎那更多的黑暗

跨出柵欄了　波浪的搖椅

搖著懸崖的突兀

每過一夜就再升高一點

他們的肉體

與腳下一陣陣濤聲押韻

溢滿他們的盲目

每個小小洞穴都濕淋淋的

每次呼吸都沒有岸

他們彼此的楔形地帶

彼此嵌入

鹹腥的舔食在海面上漂流

礁石間一點燈火在哪個世紀

一亮　大海漏進手心

記憶有河水的本地口音

懸崖夜夜升高　崩塌已追上鳥翅了

柵欄之外　他們

偶然停在哪兒　就留在那兒

任一股黑潮從內心湧出

二　樂曲──花園

他們能看見那針管

推著致命的液體

這床邊的黑

被樂曲浮雕著

花園的輪廓在返回

會呻吟的蕊　鮮豔就是返回

恥骨濕潤　旋轉

音符一尾一尾游離磁帶

注射到深處　燭光搖著無限遠

鬼魂暴露在隘口上
鬼魂的演奏　只挑選
肉質的隘口

那自幽香中反覆成形的
蹂躪一枚花瓣　四季滿室縈繞
他們帶著上路的每一夜

都和星座一樣大
按下黑暗的循環鍵　再唱
但什麼也不能延遲

但鬼魂灌溉的
鬼魂還熱烈採摘著　掙脫
鱗　即興的死又刷新即興的生

河谷與終結：一個故事

一

日子沒有區別話　說了又說
濕漉漉的天空一件雨衣下擺
雨聲敲著老照片裡的白木桌子
兩杯殘茶　數著整下午倒扣的椅子
我們的嘴　五十年來掛在牆上

二

到處都是結尾　當你不再讀下去
水面躍起亮度　當你縮手
不再摸一頭野獸絢麗的斑紋
隔著天氣的同一個名字
如對岸叫喊的　離你遠去的綠

三

一棵梨樹或一棵菩提　截停了陽臺
一間春天的臥室滿滿裸出花朵
鳥兒閃著珠光孵了一地

從還讓你流淌的觸摸的方式

肉體認出前世的寒意

四

一塊糖軟化了老女人吱吱叫的骨骼

我們能眺望那機器　點點滴滴

漏著茶色　裹緊抱怨聲

又裹緊烏雲　鄰桌上起源的時間

用一根腸子　遞過來結束的甜蜜

五

漣漣漣漪在窗外等著

慘白的沙石路　我們走來

魚類百萬隻圓睜的空眼窩

插著雨的筷子　圓心

受制於最溫柔的距離

六

你合上書也就合上了岸

天鵝的凝視雕刻這場景

房子　鐵橋　靜靜浮現

腳蹼一翻　水下片片橘紅的落葉

訪問者隱秘粉碎了一朵雲

七

潛回一只六歲的小小浴缸

才六歲　軀體已被血紅的瀑布

砸開　加入褻瀆的文字

更多的過去中空氣更稀薄

潛回女孩眼裡的　是裸露到底的詩

八

但不是愛情詩　誰想浪費時間

就談論時間　我們　河谷的美味

聽上弦月的失重的馬蹄鐵

在臉上濺滿泥濘　所謂重逢

即命令自己陷下去

九

歷史漸漸晦暗　模擬著我們的器官

一根舊燈絲分泌出一片薄暮

煤氣管戳穿細細的指尖

噴出火苗　嘶嘶燒結五點鐘

漫天歸鳥都各自被釘在針上

十

兩個盡頭　既非是又非不

面面相覷的盡頭　握住同一只茶杯

取暖　此刻的你自上衣外溢

兩個回憶的光速滑翔星際

一把黑傘　被孤單運行的斷手擎著

十一

全部罪惡和幸福只因為活過

當我們坐在桌邊　襯托水的白

察覺不到流動時已流走了

終點最不像海　雨掐滅一秒鐘

就忘了我們有一個過去

十二

袒露的性　在天上急速凝成一個點

舔著　野鴨胸前一抹寶石綠

霧中的樹真美　那老照片

蒙著月光　像公園邀你漫步

夜空極近　隱在身後　邀你縱情呻吟

霍布恩*在新西蘭旅行

街是一篇篇譯文　當你走過
那空地　一座被拆除的老房子會顯靈
一個海鹽味兒的聲音邀你

喝一杯　廚房裡釀了十年的酸啤酒
我的燈亮了十年　我的海面
那棵摘不完的檸檬樹伸到窗前
把沙灘染黑了　鑲在詩稿邊上
你譯錯一個字　一台老式絞乾機
就轉著　陽光拉出一匹白布
有的人瘋了　有的人死了

星期日　遠近的釘子在木頭裡砸著
山谷的綠都為笛子準備好
鳥爪下一個即將開始的雨季
天空轉暗　雲變成一隻隻死羊羔
野茴香嗅著誰的傍晚

我的　野貓似的目送就像迎接
或你的　分解成五十盞路燈的五十歲
像首敘事詩　架起通往老房子的橋

醫院的星系比記憶只深一點兒

鬼魂開車掠過　瞥見墓地時

繼續挪動海浪間一個島的位置

要到橋那邊　你得旅行三次

在譯文裡　在詩句裡　在風景裡

三倍的距離押著你返回

大海的親屬們又冷又黑召喚的血緣

真的母語沒有詞　就像母親

早知道你也會望著山頂一片白雪氣喘吁吁

或我　伏在無遮無掩的體內

學海鷗叫　朝眼前漆黑開闊的一夜叫

真的孤單在岩石棱角上掛滿哨音

風來了　亡靈應聲飛起

母親早知道你還會錯

孩子們扎進針葉林　該慶幸還能錯

一張導遊圖查不到飛翔的老房子

一部過去的詞典　被你隨身帶到這兒

火山口等在吱吱響的木樓梯頂端

從未寫成文字的　領你登上來

像母親繪製的此刻

你脫掉借用的血肉

到無人處大醉一場

十年後我在倫敦　想著那杯酒

倒進大理石墓碑上一個匆匆的側影

注釋

*霍布恩：楊煉英譯者Brian Holton的中文名字。

水肯定的（組詩）

一

肯定　風也在沿著自己離去

遺傳　姓氏裡一片波光粼粼

秋天帶著散步的人　慢跑的人

和十一月掛滿樹梢的鐵鈴

繞過街角　溫暖

　　　　　如別處的秋天

過去的所有形式舔向一道金黃的邊緣

肯定　沿著他的下午

漆黑的柏油路在沉思這座房子

一隻鳥頭爛出了骷髏

　　　　「而水又西流，

　　　　過大城曰⋯⋯」

書上寫了　一場雨來自深呼吸

注射進蘋果的藍　充滿小學生的尖叫

雁斜斜飛　保持對人的警覺

而人　縫合一生那冗長的排比句

公園暗綠的一角

他的荒謬　是還渴望

坐進一把鏽鐵椅子的炎症

「河者，水之氣……」

書上寫了　梧桐葉

又黃又皺的手緊貼路面

又鹹　又狂暴　空中腳蹼紛飛

蹬著看不見的水

昨夜遠在千里之外

一夜　冬天就擠滿早晨

拼命甩著被枯枝穿成一串的死魚

屋頂上　灰白的鰾膨脹

壓迫樹木幽暗　吻合一首詩的心情

他四十七歲　一道石階也被自己磨光了

打著沉溺的拍子　花園支離破碎的肉

不知道時間除了在雨聲中坍塌

不記得毀滅　除了在樓下

變成一只血淋淋的漏斗

體內推移的岸　暴露一剎那

就擱在廚房窗臺上　肯定

窗外有個瘋子佝僂著　有顆頭哐哐衝撞

蘆花四散　河一縷縷撕成絮狀

他心裡的鹽認出了此地

二

兩部書一模一樣　他重寫

就走在另一個人夢裡

歐洲的竹子一夜間全開花了

竹葉間的言辭　終於隨風飄去

路口　翻開星期日爛牡蠣的天色

揉著鮮花市場上無數剪斷的脖子

兩部書相距千年　他穿行

於一個裹在羽毛裡的季節

另一個自己中另一場夢囈

河水不停回顧

兩把磨得雪亮的利刃交叉

溺死者吟哦的冷

編成興高彩烈的古籍

歐洲的竹子聽到最初漂洋過海的那一根

牽著會爆炸的點

又決定迷路了

迷失在鮮花間　第五次看見

烏鴉啄爛枝頭最後的蘋果

這地點就不同了　這發黑的柄

叼在光年嘴裡　星空濺出

擰斷的一剎那　回憶錄中摘抄的一剎那

絲織窗簾遮不住時

總被一個電視新聞的噩耗開始

街頭　兩個黑天使練習傳球

一只聖誕鈴鐺踢進窗戶

蠟燭爆炸　海鷗像受驚的僑民四散

一個關在飛機裡的末日狹小而絕對

急轉彎　撞上緊緊尾隨的現實

到處都是借用的　死後溢出的香

到處　兩隻乳頭溫柔摩擦

一大捧玫瑰　一座紅豔的絞盤

另一雙手在夢的缺口中絞動雲朵

在　他從未醒來而風拒絕吹去的方向

千　年

蘋果慢得驚人地落到地上

三　離題詩

墓園

這寧靜滲透了水，水緩緩穿過那些身體

水緩緩帶走那棵最後的白樺樹

你們的墓碑，被風聲、鳥兒和新的一年忘記

這寧靜吸飽了陽光，像沼澤一樣金黃
灌木觸動那些嘴唇，那些小小的
似乎鮮紅的果實，在傍晚吐露純潔的秘密
那些手不知道，為什麼當它們融解
曠野上就升起一條條從未聆聽過足音的小路

現在你們臉上氾濫了野茅草地顏色
經過冬天，蟋蟀叫著
仍然夢想一座被籬笆環繞的小房子
那兒，只有一陣風、一隻鳥和昨天盤旋過

現在，久久等待的那個黎明
降臨到你們不變的黑暗上面
那聽不見任何歌曲的耳朵，在地下張開
淡藍的不起眼的小花，被一片落葉蓋住
你們始終望著天空，不再怕暴風雨——

這寧靜，這仍在一分一秒衰老的心
一座遺失了路標，懸掛於泥土黑夜中的村莊
一種沒有人來也沒有人去的永恆

沒有悲哀，也沒有雲。風聲和鳥兒

都焦急地跟著昨天飛走

你們什麼也不知道，只有最後一刻的微笑

是水。是太陽。是寂靜。

（一九八四年，為黑龍江知青墓地而作）

四

在哈克尼　河流是一位隱身的神

深秋漲水才看得見　街道下面

冰川在凹槽裡繼續磨著

木版《水經注》俯向漂泊的涵義

此日獨一無二的在

沁著光

被一隻水鳥的翻飛——穿透

喬治亞　維多利亞　愛德華　伊利莎白

要是魏或者唐呢

一座黃銅壁爐間浮游死者的灰

一對象牙白的眼珠目送他的腳步

一串小公園的名字漾開

　　　　　　　嘴邊一圈圈的綠

小教堂　船頭總有一口鐘拼命敲響

模仿黃浦江濃霧中那一次

地貌抱緊一個棄嬰

破汽車拋在路邊　距離

像只馬達被挖走　要是

一行中文詩縱容雨把房間搬得更空呢

水　潛回一片沼澤的古老聽力

水　也厭倦了流動吧

　　　　　　　錯過　也累了

一堵紅磚牆像道時間的平行線

夜夜延長　就有一個人孤獨的結構

讓他臆想那是他要的　舵

乾裂於風中　珠光在牡蠣熟睡的體內抽打

哈克尼像首絕句　珍藏讓他怕的月色

日曆翻過去　本地口音的小廣場

揣著骯髒的鴿子摔得粉碎

五

「少禽多鬼……河水之所潛也」

他知道　這口羅馬石棺是空的

浮雕在水上的名字耗盡了考古學

博物館的玻璃櫃子　那虛構的恆溫

更像被挖出來的風景

　　她任我們撫摸　半裸的大理石

　　催促不懂激情的手

　　她任我們喝醉了潛入一道雪白的折痕

　　夕陽在未成廢墟的牆外落下

　　棕櫚涮洗一隻摘掉的眼珠時

　　綠意　像孔雀進駐的藍又冷又亮

　　這道情人守不住的邊界

　　戰士有什麼用　我們在北風中崩潰

　　如壁畫上一條纖細得

被顏色壓垮的線

聽她對胸前金黃的小蛇說

吻吧　帝國死在身後

無非一個取悅的形象

　　　　「烏托之西，有懸渡之國」

他的小丘上　這眼快乾枯的泉水

俯瞰著史詩　這條黑狗

選中一株垂柳去撒尿

她在我們凍裂的膝蓋間走動

我們五指脫落　已無力

把矛扎透腹腔直到尾骨　或把河道掘得更深

　　　　　　　像想當王的人說的

船隊焚燒時　只有她回到夢裡

薩克森白雪下片片綠草

我們穿過田野　一路想著她的性

有點兒臭的溫暖東西

豬臥入火塘的灰　她站起來

裙子響著像叮囑下一次

　　　　　　　　可誰認識這個冬天啊

誰的嗓音正沿著灌木的刺細細升起

牙根被沼澤塗滿棕紅色

我們掙著鐵絲穿住的鎖骨

大喊　　又被彈回

她一轉身時間就消失

　　　　　　「天下之多者水也」

他無須地圖也找到了

這塊野餐的花毯子

天鵝腋窩下　　河谷無須陰暗的目錄

遠方打開包裝紙　　矯正

一隻蘑菇的視線

　　她說　周年的日子　並不

　　大於平面複印的其他日子

　　頤和園裡一艘石船駛入荷花們的肉色

　　放逐　就捏碎一枚懷舊的蕊

　　我們這只瓶子盛著給自己的信

　　總在追趕一頁大海的原稿

　　她說　生命把人塗掉　而書寫

　　虛幻地留住

　　　　　　　　惟一停下的瞬間

　　　　　　　　是當你愛過

只一會兒　舌頭被母語蕩著

鬼魂拈出米粒大的昔日

一晃　河水奔逃像去摸那道閃電

候鳥跟著飛　水花四濺低低起跑

一本書接一本書丟進宇宙

她被挖出時笑得更歡

　毒牙的珠串還佩在胸前

六　離題詩

又十年了，哈德遜河

而後　我們背對象徵

坐進　另一條河上

深藍色房間的深藍色角落

聽覺更黑時　棧橋依著水低語過十年

小公園裡　樹木嫩綠的手風琴拉響了十年

孩子們沖下從四月到四月的臺階

雲沖下一個倒影　水面一明一暗

松鼠被壓爛的內臟就翻開

血紅的照相冊　隔著玻璃蜇人的現實

手浸濕也摸不到列隊的日子

河　懸在過去窗口的空白教科書

提問著現在仍僅僅一頁　流浪不用學

厭倦　拴著一隻水鳥低飛

回游的漩渦　給全世界的高樓一個出口

逃　逃向塑料花　消失不用學

哈德遜酷似一個風聲組成的名字

燈火斜眼走過　酷似藏在人體內的鬼火

被擰亮　酷似想吹滅就吹滅時

黃昏錄製在天邊的瑰麗的缺口

誰讀懂了　就住進一首詩

發生不完的往事

房間中的房間　灌滿十年的水

角落在角落裡　漆著遠方的深藍色

我們坐著的姿勢永遠背對大海

聽浪碎了　瓦礫狠狠砸著十年

電話線斷了　呼救聲盲目飄了十年

河流忘卻的顏色　忘不了

每天　高空中一捧紅豔的鋼鐵垂直崩落

焚燒不用學　一把灰固定在

閉緊的眼睛裡　月亮像只被摘除的核

用女低音唱著　每條河谷的安魂曲

每個漂走的地點死一次才顯形一次

岸鋪在腳下　已被抽掉過上千次

一根慘白的魚骨總有閃著磷光的另一端

只要忍受　拍打一生的

訣別　再推出今夜

用一個房間被扔進宇宙的樣子

測量這艘沉船還能下沉多少

我們背對畫成地平線的零

還得遷徙多遠　瘋狂的藍才足夠黑

丟了的口音裡　哈德遜緊挨著

一隻埋在中國古老村口的青石井圈

毀滅摸到自己僅有一天的直徑

一滴　飽含留給我們的冰雪

那倖存的美麗和倖存的冷酷

七　離題詩

信

「……平靜的樂趣」（父親的信）

水做的窗戶關上一扇時也打開一扇

水是一封信　總投向更遠處

你的手還伸過黑暗輕拍兒子的睡眠

血緣的方言低語　夜最耐讀

八十年　燈蛾翩翩

　　　　　　一場雨構思這家書

老花鏡和摘下的目光　擱在桌上

茶杯　向一剎那前的玻璃回顧

那兒祖父咆哮　男孩兒朝背叛的床

再挪一寸　革命漲滿童聲的大紅大綠

那兒　一只青花梅瓶被內蘊的猖狂

所壓碎　爸爸　你人生的詩韻

還拎著兒子的聽覺　貼緊十一歲的牆

他們逼出一個不像你的聲音

弱　卻是否認的　置身於紅袖章

的事外　文竹枝葉蔥翠　在否認

詞的內臟中有個空白橫掃的世紀

得弱成殘月或陌生人　未來才像體溫

湧進這筆尖　你掛號寄出你自己

收信者越近

　　　　　寫越像一場璀璨的退席

幽暗啊　蓄滿一隻幽獨的眼角

兒子的血就蘸著你微笑的那一滴

回信　瞄準世界起跑的那條

橫格線　你給的心跳會應和你

你給的舌尖　舔　就取消

母親死的鹹味　死　堆壘生的一半

爸　這邃道沒有導遊　你最棒的逍遙

是黏緊信封　讓嗓音靜謐如蠶

織一夜絲光閃閃的繭子──「一切安好」

八

他說

這不是地理書　而是記憶之書

這只白瓷浴缸裡的水聲

被遠山中一彎河谷記著

千年之冷　自最上游

一口溶洞尋來

水下那個肉體　細看

是隻血紅的青蛙

皮撕掉　卵擁著一塊玉

　　　　　他踩在青苔上說

這張床逆著早晨漂

每個被再次分娩的孩子

向回爬過甬道　溫習一叢水草

拼貼在牆上的色情的風景

他邊沿著自己離去邊說

誰向前　讀河這本小小厚厚的書

誰就向後　讀到自己的陌生

去擰乾海底城市的燈火

去河邊露宿　望月　垂釣

去體內一汪百分之七十的溶液裡擱淺

竹子開花了

根　全力以赴繁殖一聲慘叫

九

「而不能辨其所在」

的是一場夢

他的小鰻魚出沒於洞穴

她有個分辨不出的母親的嗓音

最後送來的箱子　輕得

弄傷了手　像不再假笑的時間

鏽成一團暗綠的站臺上

軟軟躺著具屍首

他完成的部分鮮美如花

一個純視覺　卻不知被誰看著

她的癌悄悄擰亮　被誰領著

來找誰　轉告脫身的消息

　　　　　　死是夢中夢

睡了　才打開別的知識

他覺得一張木椅子的硬

來自透明的內部　屍首淡出

　　　　　　而誰搖著一杯溶液

她鬆手就忘了所有前世

他的稀薄在追問　這空出之處

腐蝕之處　水算不算一種留下的痕跡

當風吹來　夢交織　鬧鐘的爆炸

等於沉默

十　離題詩

慢板之一：萊比錫，秋天

在你動作裡有一種慢　比樹葉

亮出掌心的黃　還要慢

　　　　　卻一把抓住了音樂

　　慢板旅館在萊比錫

　　秋天睡過萊比錫

戰火冷凝成街道上的問候

　　　　　　小學生口含一支進行曲

　　　　　尿濕了雕像的空基座

　　他舌尖觸到陌生的石頭

琴鍵按下　空間發明了事物們的遠眺

　　醒來就像謊言

　　　　　　　只不過鳥唱著說

　　天花板用雪白的石膏繁衍一隻豹子

　　撲向窗外藍藍的裸體

　　他嘴裡　啤酒味黏黏拼貼著昨夜

　　一大股溢出冰箱的精液　偷聽到子宮的溫度

在你動作裡有　　　風

推著嵌進琴聲的行星慢慢轉身

　　　　　　　　沒有噩耗足夠突然

　　打開浴缸和花園一道角門

　　死魚的視野　追逐蘋果爛到果核裡

　　打開一萬塊桌布上的早餐

　　　　　星期日　哪只器官不是喧囂的樂池

天空猶豫不決地作曲

金鷗鴣從十一層陽臺上俯瞰

　　他的雲　低垂遊客頭頂一朵雕花

他的咳嗽聲　在欄杆另一側開鑿旅途

一隻右耳間隔情人們的親吻

慢慢躍下

　　　路口紅燈更晚一拍

　　　　　不信濺出的血是真的

（寫到萊比錫血就滿地濺出）

你的動作延伸某一此刻　比秋天更長

樹葉冶煉著簧片上的暗語　更有力

　　推他　用謊言醒兩次

　　　　　不信　聽到的一切

十一　離題詩

慢板之二：本地墓園，夏天

　　　　　　耳鳴持續

暴雨　今晚音樂會的序曲

　　一隻和你一樣大的蟬　帶著你

　　哨音催促悶熱的肉出土

　　松鼠像一個被電殛了的六月跳上墓碑

另一座圖書館塞滿我

大理石的弱　在樹根上東倒西歪

　　　　　　　　右耳像語言

　　　　　　　　被自己的回聲壓垮

　　　世界在右邊嘈雜一倍

　　　只有你聽見　小號似的器官關不上

　　　只有右眼讀到　扇著半張臉的綠

　　　　　　　　和律師手裡的遺書一樣黑

弱之膨脹先於所有崩潰

石灰質的呼喊　嘔吐天鵝的斷脖子

雪拋在河谷中　已來不及編輯

　　　　　　　　誰用許多嘴搶著說

　　　樹木放你走過時　摔著一件件紫水晶

　　　玫瑰肥厚的舌苔上爆破聲摔不碎

　　　鳥兒爛掉一半

　　　另一半大汗淋漓

　　　　　　　　樂隊鬼魅得像光線

所有標明記憶的數字被一副摔斷腿的眼鏡架

加上　負號

　　　　　　　　空也競爭著

成千對小鐵塊為演奏開始拼命鼓掌

我無窮無盡注視謝幕之時

　　　是一場暴風雨從未打出這輪耳廓

或扎進你體內的蟬鳴如此絕對

　　　　擦亮　墜

　　　　　　　落　今晚不是平衡的

死在夏天　孱弱的正是燦爛的

右前方淤滿的聽覺裡一個逼近的聾

佔據我　一剎那瞥見

　　　腳下一隻珍珠貝　如你一樣毀掉自己

　　　　　　　聽到　不信的一切

十二　離題詩

慢板之三：火車上，春天

慢慢重溫死後的蜜月

慢慢　看陽光從一具軀體中跳車

他用花苞努出小嘴

　　　一間移動的候診室　風景在點名

　　　新綠漫不經心解開一件內衣

　　　　　　灌木調整天線

　　　　　　　　倒退著放映舊膠片

等待配音的春天裡　我

　　　　　反覆穿過　像只壞了的助聽器

慢　　情敵們倒掛在籬笆上

　　女孩陰戶奪目　一把把

　　　　　　　手術刀迎面撲來

　　車窗釘牢飛鳥　剪票員

　　　　　　　解剖無數往事

　　天空搖盪水杯　鐵軌的針管

　　　　　　　一場病又一場病把我抽回

　　　　　　　到昨天　死者飲著豔遇

花朵們飛向斷莖支撐的史前

星空　金黃的時刻表允許他盡情晚點

一直向南開　甩掉自己的影子

　　　　　　　　　夾進書裡的鐵玫瑰甩著遠山

　　　一朵池塘中的雲　越白越像內臟

　　　一場性交後滿屋消毒的丁香

　　　窗口反光中坐著護士

　　　微微轉身　從純金的倒鉤上摘掉現實

　　　　　　　我不想聽　因此聾了

他聽了又聽　世界是一件舊傢俱

擺在死後退還的愛情裡

　　　　　　　沒有肉體的愛

　　　　　　　捲起距離的草圖

遠方分泌我　一串小爆炸

又亮又甜地

舔到焦點上

（接近萊比錫　想起蜜月有個題目）

死者慢得完美　那盡可能的溫柔

被跳車的人帶在身上

信　聽不到的一切

十三

雲像一萬個尿頻的女人急急奔跑

而官方的藍　無動於衷地看著

雪猛下一陣　鴿子們日常的演奏課

墜毀到屋脊那根弦後面

一大把鬱金香囂張的紅

和無味　襲擊鼻孔

哈克尼無非一組意象

滲漏得比一個地址更深

一棵梨樹就給街角一面狂想的白旗

一次暫停　沿著假設的莖攀援

充斥他到期的四十七歲
向生活投降無非接受一場手術

　　　　模擬一隻精心結構
　　　　自己形狀和顏色的海星

把旅程佈置進一個腳下的死扣裡面去
把移動　分行處決
雲再變　天空收養一群蠍子
　　　　　響應疼的必要性

他一生遭遇的人像這地點躲不開
他遠遠迴避的自我　越修改越來到
哈克尼　慢慢顯形為一個性格時
一場瓦解選中回家的他
與融雪中一枝乾透的迎春齊步
　　　　回到眼簾後邊
　　　　細細玩味被耗盡的快感

十四

阿爾¹嫩如嬰兒

他的河都在　這道肉做的河床中

易　濘沱　哈德遜　帕拉瑪塔　被加寬

直到李　細細窄窄而無限

奢望著呼吸的結尾

　　　這反光發育一個無過程

　　　這部書從未讓一滴水流失

坐在桌前就聽見波浪

給他的岸　更換濕濕的名字

給盲文　分配一根棕黃滑膩的食指

注釋

1.阿爾河：在瑞士首都伯爾尼市；哈德遜河：在美國紐
　約；帕拉瑪塔河：在澳大利亞悉尼市。

摸了又摸　早晨的儀式

一杯綠茶形而上的赤裸

一隻端茶的手　穿過人生虛設的靶心

一口飲下遍地斷頭鮮花的絕對

忍受更亮更難忍的

發育一根唱針的陽光

　　　時間的秘密是這個空間

　　　詩守著肉體再添一點兒重

　　　對稱的美學　對稱於皮膚下潰散的

　　　一微秒

就色情地否認了來歷

紙上的河底　把日子掏得更空

讓他構思在一個轉彎被甩掉的

猝然點燃一叢桃花耀眼撩人的

藍白相間的蕊血肉跳躍

　　　惟一的激情是混淆前世與來世

當小水鳥唧唧一叫暴露出裂縫

十五　離題詩

完成——贈R.B.

詩的飽滿追隨一隻死貓泡脹的軀體

經過我們窗下　洪水的勻速

使放著酒杯的小桌逆流行駛

向哪兒　這座停電的城市

早許諾了灌滿狂風的黑

讓公園裡排練一場互相目送

顛簸的座位上兩條白鰻在朗誦

四腳僵直的月光鼠只剩好聽的名字

閉緊雙眼才飛到滿月那麼高

十八層樓上一枚空的圖章打進肉裡

斟著　今夜將一口口喝醉的

數　第幾塊廣告牌正從鉚釘枝頭起跳

擰斷的微笑　翻滾　溶解在海上

我們不知第幾個海的第幾個

命運　一幅潑墨　收回一生磷光的足跡
懸掛於兩堵相隔萬里的牆上

十六　離題詩

湖──贈D.M.

井也死了　我墜落到井底的目光
更破碎時就變成了你的
或湖的　盯著五彩的石子向下傾斜
暗金色樹林像個潛泳學校

再跳一次　向倒影中再摸一次
亮著聾著的一片水
張開第三只肺　一根藍黑的翎毛飄落
低於人　如果終極的崩潰存在

誰把月亮放到小小陽臺的正對面
誰的夜　慢慢垮進自己的語言
鹽味還在唇上　舌尖已舔著
風的口音　我從一個鳥窩裡掏出過

而你輕輕把蛋殼敲破

找到那孩子　還向下探望呢

還以為真有一個世界等著被打撈

像傻笑背後有假牙　牙縫間

　　　　　　進退不得的是母語

十七　離題詩

玫瑰──贈友友

要找我們那一瓣　得等到冬天　傍晚

落日把對岸幾扇窗子提煉成黃金

又滅了　回家的古老話題

噎死於自身的恐懼

要問　水下多遠　泛起那嫣紅

暮色蹣跚多遠親著一枚耳垂

天鵝低飛　翅尖觸及水面另一對翅尖

血淋淋倒映的腋窩

指出我們的夢　不可能更遠

地平線總有你在一張床上的樣子

甜得像假設　我得修飾我的嗅覺

一個島像一滴油亮晶晶浮著

回　是否就讓肉裡滲出一抹灰

捲著邊緣像在說　一生太慢了

花瓣被毀掉　只需要冷透的一剎那

黑透　靜靜合進夜空那重重疊疊的一朵

十八　離題詩

洪荒時代──贈張棗

空曠的水銀色連成一片　侵蝕到眼裡

湖畔青苔累累的木桌上擺著

我們的孤獨　押著雪的韻腳

一萬張鳥嘴重複一種白

時間平鋪直敘　像野餐結束不了

我們坐著　也指爪碧綠

摳入死寂就成為死寂明月的一部分

寫得好　就寫至陰暗生命的報復

有鶴的家風　就出一張魚的牌吧

水原地轉身撚著石質的小骨頭

不轉　一半倒進湖中的大樹同時有四季

蝸牛被發霉的聽覺牽著爬　爬

星空的小港有道木頭跳板

船卻爛了　帆緊緊捲起像從未發明過

我們形同受苦　被再發明一次

甩掉人類　關進自己的光盡情興高采烈

十九

要是早春也在注釋否定的美學呢

雨和雪　交替的儀式

沿著她濕漉漉的曲線

異鄉不是一個考題

體溫才是　掠過窗前的鳥不是一聲抽泣

激情才是

一朵小小的蘋果花

像個女妖嫋嫋升上去年洗淨的枝頭

要是烏鴉又在刺探自己的飢餓

要是刺探一種死　而想不碰皮膚

只撫摸低低懸在那兒的月光呢

哈克尼有個島的輪廓

在他心裡　否定大海的移動

在她身上　否定意義能消失

二十

「河之為言荷也」

「隨地下處而通流也」

關於那些他　他能記得什麼

關於水的書　再讀還是沉溺

雙向流來的河直逼一個人的空白

水聲雕塑桌上一株虎皮蘭

水聲　追著一朵雲掃描

骸骨們仍死死堅持發綠的性質

春天重複過多少次

草根銬在抽搐上　銬著謳歌

他的屈從　被譽為中年之美

竹杖點點　海鷗一片片灰羽毛被風掀著

腳步慢下來　日子暗暗加速

到這個湍急的什麼也不寫的下午

眼眶邊　一塊白石窗臺像條地平線

遠遠被捲走

星際間　水的孤獨

像無數光年狠狠砸入一只人類的子宮

虎皮蘭用金色條紋懷抱的那只

他杜撰出整個河谷去沖洗的那只

島的盡頭　滿月還為激情空著

春夜杜撰出淡淡的甜

瞎子們　杜撰城市四面八方的燈火

搗毀於一盞永久失憶的燭火

點燃就是紫丁香　像艘拖輪拖著

不在的地理學

在　之前和之後兩個上游

放肆夾緊的死角裡

這裡　《水經注》本身也漂泊著

這角落漆成深藍色時援引一聲雁唳

遠隔千年的一次點名　點到他他就出現了

牡蠣叢生的一本傳記　不寫

河也寫完了　切開虎皮蘭他摸到那流動

走投無路卻不得不流

入　無聲　肯定

鬼魂行走時趟起的片片月色是真的

二十一　離題詩

某一個他：水是無色的

每種顏色都是謊言　當水
忍著沒完沒了的一次從對岸開始
從隔開開始

每種顏色都在把這塊岩石舉得更高
當波濤追逐　而月光學會想像
一夜故事裡頭暈目眩的海拔

我們想不講也不行　不看
漆黑的天上大群海蜇也蜇著地平線
疼　熱情打撈兩個坐著的形象

我的手在你身上只活一剎那
就傷了　歌手唱道　記住這四月
記著　一片潰散的銀白鋪滿視野之外

一種黑暗的純被吸進肺裡
肉體就不怕一首詩的流向

永遠更赤裸　比一捧雪或一塊冰

還赤裸　兩個海互相打濕時
兩隻偷聽的右耳都埋進一滴古往今來的水
忍著　沒人能泅渡的無色

神仙們也隔著繁星苦苦盼望相會的日子
搖盪　明知虛空的杯子
當　漏出的愛正製成一彎彩虹

二十二　離題詩

另一個他：綠琥珀

五十萬年裡包含多少二十四歲的一瞬
這塊綠暫停著　花朵們的一生
隱在水下　不知為誰保存的銀白
不停雕成更美的殘骸
綠　握在手中才感到　五十萬年像
我們身上一陣止不住的顫抖

二十四個夏天分泌躲進肉裡的香

我們嗅著自己死過一次的嗅覺

雨聲淅瀝　記起就硬了

打濕的梧桐葉和一個移開的窗口

移進　你的往事　我的往事

每天升高一寸的浸沒兩個名字的水位

沒有詩的日子多好啊　沒有

幸福　鬼魂就不必悔恨非人的冷

沒有下午四點半一支陽光的針劑

我們就不等　醒的片刻中毒的片刻

沒有文字　你認識我剛從傷口中

滴下來的形象

一瞥　綠的體積一頁頁堆滿了初稿

海鷗恍若筆誤的叫聲　停在

天上　我的往事　你的往事

彼此想像有一條路　沒走過才更晶瑩

兩次走過　兩個會變老的宇宙

被離別保鮮的疼多好啊

被綠綠的體內抱著

一枚花瓣銀閃閃地再死一次　無數枚

嗅著同一個死後　四溢的香

我們終於追上自己的顫抖時

二十四歲中寫滿的血肉　終於能夠被忘掉

握緊　五十萬年才配稱為一瞬

二十三　離題詩

某一個他：沿著自己離去

從一本書的結尾向回讀

我們能與誰重逢

從　鳥兒陷進藍藍黏土的拍翅聲

肯定　失去也是一種美

我的信抵達時　連筆跡都變了

你印刷在舊照上的別人的臉

要求一架鳥瞰的儀器　遙測

嘴角一道昨夜的裂紋

勒到肉裡像假的　　深及隱匿的某人時
毀滅性的真　　蚌殼暗紅的內部

誰知有沒有歷史那顆珍珠
撬開　　你的耳垂聽著圓潤的淚

我的舌尖　　被鳥頭裡一塊磁石領著
陶醉於末日甜蜜的引力

沿著自己離去　　向前　　呼吸把我們挪遠
向後　　上溯母親分娩的血腥運河

許多一生的昨夜　　死者
玩味著撫摸那不可能的溫度

許多手隱匿在皮膚下　　五指腐爛
被徹底掐斷的鳥鳴

徹底是一條軌跡　　貫穿精雕細刻的
死也找不到的這隻手

捧著一本書　從結尾讀到結尾

從粉碎聲　重溫我們能多麼溫柔

二十四　離題詩

另一個他：水中

為昨天哭泣吧　但別像昨天那樣哭

欲望和距離　孿生的主題

一個人展覽一幅生下就滅了頂的靜物

而一條河酷似對話地自言自語

說出聲時　水中都是瘋子

跟著落日瘋　粼粼轉盤上鎦金的骰子

骨灰甕　盛著黃昏天邊的一把灰

用一個剛剛換下的昨天摩擦你

人稱換成水　波浪那首詩

已不可能不幽暗

圓心封存當年的愚蠢

想像有個輪迴　但我在哪次輪迴裡

掌心五根魚骨　那潔白——磨製贗品

水下遠眺又一夜湮開墨汁

沁入　瘋子們語法投影的月全食

我返回　但能被哪雙眼睛認出

你依稀在白髮間剩下

一個現實　一滴滴煮開卻從未離開的過去

海水靜靜改寫血緣的比例

想像一個盡頭吧　當盡頭本身無窮無盡

當一把手術刀用切掉一天切掉我們的性

當厭倦的深　厭倦了深度

就把我當個入海口吧　沒有的方向上

一場風暴在你的分界處粉紅悸動

聽著零點　聽不見地開始

二十五　離題詩

某一個他：傍晚的某座庭院

海平線隱身測量牆上這些缺口

松針之間　一把把象牙扇骨脫落

硫磺味兒中嵌著孔雀

細小的死去的步子

又一些辭　把兩次交談隔開更遠

又一些時刻在這一刻裡開採

鳥鳴　五點鐘睡醒的空間

一枝煙嫋嫋搭建著　大理石拍響翅膀

又一些來歷消失　呼吸

被剩下　戳著天空柔軟的腹部

又是無痛的　一片藍漏了電

一次熄滅在鑒賞中鮮美如第一次

日子這麼大　足夠雲的斷槳漂過

熏香的樹木間我們坐著

早已愛上了一陣驅逐的哨音

再黑些　再拿走今夜　和幾千年一起

代跋　在一只塤的世界裡
——2012年意大利諾尼諾國際文學獎受獎辭

楊煉

　　一只塤裡儲存著千年萬載的鬼哭。

　　黑夜。曠野。無星無月中，一縷嗚咽響起，鬼哭幽遠傳來。必定古老而樸素，六千年前，一雙新石器時代的手捧起這樂器，一團橢圓形的黏土，三孔。一張嘴唇貼緊它，吹，卻更像吸，把風聲草聲，吸入胸腔中內心中。生命一代代消失，一只塤裡充盈了一個無垠的世界。

　　我的一部詩作題為《幸福鬼魂手記》。這並不矛盾，幸福，屬於能突破生命限定的人，或者說，有能力成為自己鬼魂的人。他的專業，是在自己身上考古，且一次次親歷發現的震撼。西安秦始皇兵馬俑坑邊，我曾目睹大地掀開一角，一個死亡世界如此近如此觸目，卻又被遺忘得如此徹底。一九八九年北京天安門，我曾為世界對屠殺的震驚而震驚，此前那麼多死亡的記憶哪去了？海外漂流中，我用每天體驗盡頭，而盡頭本身無盡。一生的內心之旅，聽詩歌這只塤演奏：「大海　鋒利得把你毀滅成現在的你」，再深些：「這是從岸邊眺望自己出海之處」。

　　我作品的「原版」，是中國文化傳統的現代轉型那部史詩。漢字沒有時態，正像個無聲的啟示，告訴我：任何事件，

一經書寫就深化為處境。在中文裡，時間從不流去，從來只流入。一首詩佔有了全部時間。它並不在乎「古老」，唯一在乎「深刻」。一種自覺的深度，直接銜接上中文詩史第一個名字屈原的「天問」的能量。作一位當代中文詩人，必須對得起偉大祖先的鬼魂，和他們寫盡人生蒼涼的精美之詩。我知道，我不僅把自己寫進、更活進了，一個綿延六千年的長句。

劇變的阿拉伯和中國，構成了「新世界」的語境。我們的海圖上沒有寧靜的港灣，只有海嘯和漩渦，不停挑戰自己的和他人的定力。這難度的同義詞就是深度。而深度在一首詩之內。古今中外的傑作，既判斷又加入它，並修改了史詩的定義：一首「詩」，在涵括所有的「史」，包括這個利益全球化而思想危機空前嚴峻的時代。每一行盡頭，黑暗中的聽者也是歌者，我們哭泣，並分享哭聲的美麗：「從──不可能──開始」。

抵達這鬼魂般的自覺就是幸福。

倫敦，2012年1月4日

語言文學類　PG1001　中國當代詩典　第一輯 02

眺望自己出海
——楊煉詩選

作　　者／楊　煉
主　　編／楊小濱
責任編輯／鄭伊庭
圖文排版／王思敏
封面設計／陳佩蓉

發 行 人／宋政坤
法律顧問／毛國樑　律師
出版發行／秀威資訊科技股份有限公司
　　　　　114台北市內湖區瑞光路76巷65號1樓
　　　　　電話：+886-2-2796-3638　傳真：+886-2-2796-1377
　　　　　http://www.showwe.com.tw
劃撥帳號／19563868　戶名：秀威資訊科技股份有限公司
　　　　　讀者服務信箱：service@showwe.com.tw
展售門市／國家書店（松江門市）
　　　　　104台北市中山區松江路209號1樓
　　　　　電話：+886-2-2518-0207　傳真：+886-2-2518-0778
網路訂購／秀威網路書店：http://www.bodbooks.com.tw
　　　　　國家網路書店：http://www.govbooks.com.tw

2013年9月　BOD一版
定價：360元
ISBN　978-986-326-164-3
ISBN　978-986-326-178-0（全套：平裝）
版權所有　翻印必究
本書如有缺頁、破損或裝訂錯誤，請寄回更換

國家圖書館出版品預行編目

眺望自己出海：楊煉詩選 / 楊煉著. -- 一版. -- 臺北市：
秀威資訊科技, 2013. 09
　　面；　　公分. -- (中國當代詩典. 第一輯 ; 2)
　　BOD版
　　ISBN 978-986-326-164-3 (平裝)

851.486　　　　　　　　　　　　　　　102015883

讀者回函卡

感謝您購買本書，為提升服務品質，請填妥以下資料，將讀者回函卡直接寄回或傳真本公司，收到您的寶貴意見後，我們會收藏記錄及檢討，謝謝！如您需要了解本公司最新出版書目、購書優惠或企劃活動，歡迎您上網查詢或下載相關資料：http:// www.showwe.com.tw

您購買的書名：＿＿＿＿＿＿＿＿＿＿＿＿＿＿＿＿＿＿＿＿＿＿＿＿＿

出生日期：＿＿＿＿＿年＿＿＿＿＿月＿＿＿＿＿日

學歷：□高中 (含) 以下　　□大專　　□研究所 (含) 以上

職業：□製造業　□金融業　□資訊業　□軍警　□傳播業　□自由業
　　　□服務業　□公務員　□教職　　□學生　□家管　　□其它＿＿＿＿

購書地點：□網路書店　□實體書店　□書展　□郵購　□贈閱　□其他

您從何得知本書的消息？

　　□網路書店　□實體書店　□網路搜尋　□電子報　□書訊　□雜誌
　　□傳播媒體　□親友推薦　□網站推薦　□部落格　□其他＿＿＿＿＿＿

您對本書的評價：（請填代號　1.非常滿意　2.滿意　3.尚可　4.再改進）

　　封面設計＿＿＿　版面編排＿＿＿　內容＿＿＿　文／譯筆＿＿＿　價格＿＿＿

讀完書後您覺得：

□很有收穫　□有收穫　□收穫不多　□沒收穫

對我們的建議：＿＿＿＿＿＿＿＿＿＿＿＿＿＿＿＿＿＿＿＿＿＿＿＿＿

＿＿＿＿＿＿＿＿＿＿＿＿＿＿＿＿＿＿＿＿＿＿＿＿＿＿＿＿＿＿＿＿＿

＿＿＿＿＿＿＿＿＿＿＿＿＿＿＿＿＿＿＿＿＿＿＿＿＿＿＿＿＿＿＿＿＿

＿＿＿＿＿＿＿＿＿＿＿＿＿＿＿＿＿＿＿＿＿＿＿＿＿＿＿＿＿＿＿＿＿

11466
台北市內湖區瑞光路 76 巷 65 號 1 樓

秀威資訊科技股份有限公司　　　收

BOD 數位出版事業部

....

（請沿線對折寄回，謝謝！）

姓　　名：＿＿＿＿＿＿＿＿＿　年齡：＿＿＿＿　性別：□女　□男

郵遞區號：□□□□□

地　　址：＿＿＿＿＿＿＿＿＿＿＿＿＿＿＿＿＿＿＿＿＿＿＿＿

聯絡電話：(日) ＿＿＿＿＿＿＿＿＿＿＿ (夜) ＿＿＿＿＿＿＿＿＿＿＿

E-mail：＿＿＿＿＿＿＿＿＿＿＿＿＿＿＿＿＿＿＿＿＿＿＿＿